H.Ô.T.E.L SUMMERTIME

Louise Byron

H.Ô.T.E.L SUMMERTIME

Tanya

Traduit de l'anglais par
ANAÏS GOACOLOU

Flammarion

Déja paru :

– *Hôtel Summertime*, Book 1, *Amy*

Titre original : *Summertime Hotel*, Book 2

87, quai Panhard-et-Levassor – 75647 Paris Cedex 13
ISBN : 978-2-9169-0009-4

Pour Chloe Main.
Avec mes remerciements à Gillian Philip.

1

« Et voilà ! De retour à Foxwood pour les vacances, pensa Amy Gordon. Je n'aurais jamais cru être aussi contente de m'y retrouver ! »

Il était également difficile de croire que l'été remontait à aussi longtemps. Les mains dans ses poches, Amy ne put résister à l'envie de donner des coups de pied dans les feuilles dorées qui s'amassaient sur les pavés. Sa première venue au village, pour séjourner chez les grands-parents de sa demi-sœur, lui semblait toute proche. Bien des événements s'étaient déroulés depuis, et bien des choses avaient changé... Pas seulement la couleur des feuilles ou la fraîcheur de l'air d'automne. Les températures avaient chuté, mais entre Amy et Tanya, l'atmosphère s'était considérablement réchauffée. La jeune fille sourit.

À côté d'elle, Tanya Morley lui donna un coup de coude et lui montra un cottage blanc sur leur droite.

— Regarde, encore une maison qui a viré gothique ! Foxwood prend vraiment Halloween très au sérieux.

— Impressionnant.

Amy s'arrêta pour admirer le cottage orné d'une guirlande de petits lampions citrouille. Des chauves-souris et squelettes en plastique étaient suspendus sous l'auvent, qui était tapissé de toiles d'araignée d'un réalisme saisissant. Au faîte du toit se trouvait même une silhouette de sorcière sur son balai.

— Tout Foxwood s'y... Ah !

Tanya sursauta et étouffa un cri. Une tête de mort fixée au portail venait d'émettre un grincement menaçant tandis que de ses orbites émanait une lueur orange peu rassurante.

Par réflexe, Amy prit le bras de sa demi-sœur.

— Un détecteur de mouvements ! s'exclama-t-elle en riant, regardant Tanya souffler, la main sur le cœur. Il t'a bien eue ! C'est très réaliste.

— C'est vrai, reconnut Tanya, qui tira la langue au crâne, dont les yeux s'éteignaient. Et tu t'es fait prendre aussi, Amy !

— On devrait peut-être en acheter un pour l'hôtel Summertime.

— Ah, non ! Le bâtiment est assez effrayant à lui tout seul, et on a nos vraies chauves-souris. Pas besoin de plastique !

Dire que c'était grâce à elles que l'ensemble du domaine avait été sauvé de la démolition ! On avait découvert dans les passages secrets de cet hôtel peu ordinaire des oreillards gris, espèce protégée qui avait permis de contrecarrer les projets de M. Richards, l'homme d'affaires du village.

De plus, le combat pour préserver l'hôtel les avait vraiment rapprochées, elle et Tanya. Quand Amy était arrivée à Foxwood avec son petit frère Thomas, leur nouvelle demi-sœur s'était montrée insupportable : elle était encore moins ravie qu'eux par le remariage de leurs parents, et la rancœur la rendait agressive et boudeuse. Elles avaient d'abord été ennemies, d'autant plus que le père d'Amy et la mère de Tanya les avaient laissées à Foxwood pour l'été, le temps de leur lune de miel, puis pour l'un de leurs chantiers de fouilles archéologiques qu'ils aimaient tant. Amy savait bien que leur négligence n'était pas calculée, mais sur le moment, cela avait été très douloureux.

Mais l'hôtel avait tout changé, pensa Amy tandis qu'elles parcouraient la rue ombragée pour aboutir devant son entrée imposante. Elles n'étaient pas de vraies sœurs – pas encore – mais leur alliance contre le père de Lucas Richards avait fait d'elles de bonnes copines.

– J'avais hâte de revoir ça, déclara Tanya, qui accrocha les mains aux grilles de fer forgé savamment ouvragées et regarda l'allée menant à l'hôtel. Il n'est pas beau, maintenant ?

Amy approuva et ouvrit l'une des grilles. Désormais, le grincement était accueillant et non plus menaçant à son oreille.

– Il n'est pas effrayant, à mon avis. Plus maintenant.

Au début de l'été précédent encore, la bâtisse était d'aspect assez sinistre. Le grand domaine était envahi de mauvaises herbes, la peinture s'écaillait et les hautes fenêtres étaient condamnées. On aurait dit une forteresse peuplée de vampires.

Mais quelques semaines plus tard, la différence était énorme. Amy et ses amis avaient ramené le lieu à la vie. Les fenêtres reflétaient le soleil bas de fin d'après-midi, les massifs étaient taillés et l'herbe tondue. En avançant sur l'allée maintenant gravillonnée, débarrassée de la mousse et des herbes folles, elles entendirent des cris et des rires à l'intérieur. Amy et ses amis n'avaient pas ménagé leurs efforts pour transformer la vieille bâtisse en un lieu de vie pour les jeunes, mais chaque journée passée à peindre, nettoyer, lustrer et aspirer avait valu la peine.

On entendit des guitares électriques qui s'accordaient : Mark, Tom, Oscar et Jack commençaient à répéter. Quelques secondes plus tard, la musique résonnait, les guitares accompagnées des coups réguliers de la grosse caisse et des éclats de cymbales.

– Tu entends ! Ils ont leur batterie ! s'exclama Tanya.

– Super. Je me demande comment ils se sont débrouillés.

– Allons leur demander. J'ai trop envie d'essayer les cymbales, dit Tanya en mimant de grands coups de baguettes. Et on n'a pas vu l'hôtel depuis des semaines.

– Moi aussi, je meurs d'envie de le voir, mais avant, il faut passer dire bonjour à Lottie et Edward, lui rappela Amy. Allez !

Elles contournèrent l'hôtel, leurs pieds s'enfonçant bruyamment dans le gravier. Sur le côté, une rangée d'arbres bien taillés menait à une vaste piscine. Elle était maintenant couverte pour l'hiver, aussi ne voyait-on qu'un épais plastique bleu, mais par rapport à l'été précédent, où elle était remplie de feuilles mortes, elle avait déjà un aspect plus engageant. Amy se demanda s'ils pourraient en profiter au retour des beaux jours. « Lottie et Edward seraient peut-être d'accord pour qu'on organise une petite fête, avec un barbecue et le groupe de Mark qui jouerait sur la pelouse... »

C'était incroyable de penser déjà à l'été suivant avec tant d'impatience, alors que tout se présentait si mal au début. En juillet dernier, Amy ne pensait qu'à retourner à Londres, si possible sans demi-sœur renfrognée décidée à lui gâcher la vie.

Elle regarda l'ancien abri de piscine, qui était en piteux état la première fois qu'elle avait exploré les lieux avec son ami Callum. Maintenant, le bois était repeint et de belles potées de fleurs colorées ornaient chaque rebord de fenêtre. Leur amie Lottie et son nouveau mari Edward en avaient fait un endroit accueillant, où ils avaient emménagé en fin d'été.

– J'adore le panneau, dit Tanya en s'arrêtant pour l'admirer.

Peint de rose et jaune assorti au store au-dessus de la porte, il annonçait *Salon de thé Summertime*.

– Très sympa, approuva Amy. C'est plus petit que le Buttercup Café, mais ça va être encore mieux. Et plus fréquenté. Tout le monde va apprécier la vue sur le domaine.

– Je pense aussi. J'espère que Lottie ne regrette pas trop son ancien café.

Le Buttercup avait subi un mystérieux incendie, et Amy en particulier en gardait une colère intacte :

c'était M. Richards le responsable, elle l'avait vu s'enfuir ! Il ne s'était pas caché de son envie d'acheter l'hôtel à Lottie pour y implanter un supermarché. Face à son refus, Amy en était convaincue, il n'avait pas hésité à faire brûler le café pour lui forcer la main. Privée des revenus que lui apportait le Buttercup, Lottie avait cédé à la requête de M. Richards... puis s'était ravisée en apprenant à quel point le lieu était devenu cher aux enfants de Foxwood.

– Remarque, fit Tanya d'un air espiègle, entre le salon de thé à mettre en place et les tête-à-tête romantiques, Lottie ne doit pas avoir le temps pour les regrets !

Amy éclata de rire. Lottie et Edward ressemblaient vraiment à un jeune couple inséparable. Il fallait dire qu'ils avaient beaucoup de temps à rattraper. Ils étaient tombés amoureux bien des années auparavant, pour être séparés par un cruel coup du sort. La jeune fille était fière d'avoir réussi, avec ses amis, à les réunir enfin. Retrouver Edward, c'était la moindre des choses, sachant que Lottie leur laissait de bonne grâce le Summertime comme lieu de réunion.

– Amy ! Tanya ! s'exclama Lottie, qui leur fit signe par la fenêtre ouverte, puis courut à leur rencontre pour les étreindre avec chaleur. Alors vous voilà de retour à Foxwood ! Entrez donc !

— Bonjour, Lottie.

— On va enfin voir ce que donne l'ancien abri de piscine ! s'exclama Tanya, qui emplit ses narines de l'odeur des pâtisseries en train de cuire. Et ça sent trop bon !

Amy suivit sa demi-sœur sur les quelques marches qui menaient au nouveau salon de thé. L'espace était réduit, sans pour autant paraître encombré, grâce à des couleurs gaies et des nappes blanches toutes simples. Le long du mur de droite se trouvait un long comptoir, sous lequel était encastrée une vitrine présentant des sandwichs frais, des petits gâteaux et de superbes cupcakes. Derrière, Lottie se remit à recouvrir de glaçage des tartelettes à la citrouille pendant que son nouveau mari confectionnait une pâte dans une énorme jatte.

— Bonjour, les filles, et bon retour à Foxwood, dit-il. Bienvenue au salon de thé Summertime, tout nouveau, tout beau !

— Merci. Alors, comment s'est passé le mariage ? demanda Tanya. On veut tout savoir.

— C'était magique, soupira Lottie d'un air rêveur. On aurait aimé que vous soyez présentes, mais on a préféré quelque chose de très intime. On a invité deux amis seulement, et la cérémonie s'est tenue sous un arbre dans le domaine de l'hôtel.

— Ah, super, commenta Amy. Et votre alliance, comment est-elle ?

— Je ne me lasse pas de la montrer.

Lottie reposa sa poche à douille, s'essuya les mains à son tablier et leur présenta sa main. Les deux filles la complimentèrent sur les trois petits diamants et Edward reposa la jatte pour prendre une plaque à pâtisserie.

— Prenez un cupcake, les filles. Nous avons besoin de goûteurs !

— Alors là, avec plaisir ! s'écria Tanya, les yeux brillants de gourmandise.

Tout en disposant deux cupcakes sur de petites assiettes, Lottie leur demanda :

— Et que pensez-vous de notre nouveau chez-nous ?

— C'est très joli, Lottie. Et vous avez l'air en pleine forme, répondit Amy, rayonnante.

— Je te remercie, répondit la vieille dame avec un petit clin d'œil. Comment ça se passe, à Londres ?

Les filles échangèrent un sourire.

— Plutôt mieux qu'on ne s'y attendait, je pense, répondit Tanya. Il faut s'adapter pour vivre tous sous le même toit, mais on ne se dispute pas la salle de bains siii souvent que ça.

— Pas plus de deux fois dans la même journée, confirma Amy d'un ton solennel avant de goûter son cupcake. Waouh, c'est super-bon.

— Et Thomas, il est avec vous à Apple Cottage ? demanda Edward. Vous feriez mieux de lui rapporter un gâteau, sinon il va vous en vouloir.

— En fait, il a invité son copain Steven... commença Amy, un peu gênée.

— Ah, mais dans ce cas, prends-en deux. Et hors de question de refuser, insista Edward, les yeux pétillants de malice. Nous avons besoin de savoir ce que pensent les consommateurs de nos produits, pas vrai, Lottie ?

— Tout à fait. Et des gâteaux doivent pouvoir faire taire deux petits garçons pendant au moins trente secondes, lança Lottie. Pat et John devraient apprécier.

— Ne vous inquiétez pas, mes grands-parents adorent Thomas, dit Tanya, qui se pencha sur le comptoir pour regarder Lottie, toute à ses décorations. Qu'est-ce que vous faites, exactement ?

Amy regarda de plus près le glaçage, intriguée elle aussi.

— C'est un poisson ? Euh... original.

– C'est une spécialité de Foxwood pour Halloween. Ou plutôt pour le festival Monk.

– Le festival Monk ? répétèrent Amy et Tanya à l'unisson.

– C'est un genre de grande grillade de poissons dans tout le village ? demanda Tanya.

Lottie rit et recula d'un pas pour examiner sa réalisation d'un œil critique.

– Oh, sûrement pas. On est trop loin de la mer pour ce genre de choses. Non, Horatio Monk était un réalisateur célèbre. Il est né et a grandi à Foxwood. À l'hôtel Summertime, pour tout dire.

– Ça alors.

Amy avait du mal à s'imaginer passer son enfance dans une demeure aussi splendide. Des décennies plus tôt, l'hôtel était un lieu de festivités en tous genres pour des célébrités. Où un enfant aurait-il eu sa place, dans ces concours d'élégance et de glamour ?

– On n'y louait pas de chambres, à l'époque, expliqua Lottie. C'était un hôtel particulier. La famille de Monk y résidait.

– Mais c'est énorme, pour une maison ! se récria Tanya, qui s'assit et entama son cupcake. Et quand vous dites réalisateur, vous voulez dire qu'il faisait des films ?

– Oui, dans les années 1920.

Edward sourit à son épouse et remplit une théière, puis disposa des tasses sur un plateau.

– Il réalisait des films muets, ajouta-t-il. Et beaucoup d'entre eux étaient tournés par ici. Lottie en sait beaucoup à son sujet.

– Oh, j'aimerais en savoir plus, soupira Lottie. C'était un homme très intéressant.

– Et c'était quel genre ? interrogea Amy.

– Des films d'horreur ! répondit Lottie. C'est pour ça que le festival Monk a lieu à la période d'Halloween : c'est parfait. Ça dure toute une semaine et des fans viennent du pays entier – du monde entier, même. Il y a des projections et des soirées à thème. Beaucoup de fans se déguisent pour toute la semaine, et pas seulement pour le défilé. Tiens, où est cette photo ?

Elle partit d'un pas énergique vers la pièce située du côté du comptoir et fut vite de retour, une vieille photographie à la main.

– Je savais bien que je l'avais dans un coin. J'ai vraiment de la chance que tant de photos aient survécu à l'incendie.

La photo était un peu abîmée sur un côté, mais toujours parfaitement nette. Amy ressentit une pointe de tristesse. Lottie avait perdu beaucoup de ses affaires lors de l'incendie qui avait détruit le Buttercup Café, mais elle persistait à voir le bon côté des choses.

Amy saisit la photo pour la regarder de près et Tanya s'approcha. Lottie tapota l'un des visages colorés aux tons sépia.

– Vous le reconnaissez ?

Amy fronça les sourcils. Cet homme élégant, vêtu d'un costume de lin pâle et coiffé d'un panama savamment incliné, lui disait quelque chose. Ses lèvres minces étaient surmontées d'une moustache extravagante et il avait de grands cernes sous les yeux. Une expression sérieuse dominait son visage long et étroit, et il aurait pu avoir l'air franchement intimidant si l'on n'avait pas perçu l'humour dans ses yeux noirs.

– Il est un peu flippant, commenta Tanya avec intérêt.

– Comme un bon film, suggéra Amy.

– Je vois ce que tu veux dire... Ah ! s'exclama sa demi-sœur en se retournant vers Lottie, qui attendait. Je sais à qui il ressemble ! L'homme du tableau qu'on a vu à l'hôtel. Le portrait dans le couloir du premier étage. Tu te souviens de lui, Amy ?

– Ah, mais bien sûr ! Celui qui porte un manteau doublé de fourrure. Cette moustache est inimitable.

– Vous avez trouvé. Le tableau est au musée de Foxwood, maintenant. On l'a retiré de l'hôtel en septembre. Il a une certaine valeur. Je n'y avais pas pensé depuis des années, mais lorsque l'hôtel est revenu à la vie... (Lottie sourit aux deux filles.) Je me suis dit que c'était une célébrité locale, et qu'il fallait vraiment que ça revienne au musée.

– Ce manteau était dans l'une des chambres de l'hôtel, d'ailleurs, dit Amy. Celui du portrait. Vous l'avez vu ?

– Oui, nous l'avons trouvé aussi. Ce seront deux nouvelles attractions du festival, répondit Edward, qui buvait son thé.

– Trop bien, dit Tanya. Foxwood nage en plein glamour hollywoo... Argh !!!

Elle fit tomber sa tasse et la rattrapa juste avant qu'elle ne casse, non sans renverser une bonne quantité de thé sur la nappe.

Amy se tourna vers la fenêtre, s'attendant à voir encore une tête de mort, mais quand elle aperçut ce qui s'y trouvait, elle prit le bras de sa demi-sœur en poussant elle aussi un cri.

C'était la face monstrueuse et déformée d'un énorme poisson.

2

Plutôt que de se précipiter pour les aider, Lottie et Edward se mirent à rire comme des bossus. Enfin, au grand dam d'Amy, Lottie alla ouvrir la porte. L'espace d'un instant, le monstre, aux dents démesurées étincelantes et aux yeux noirs pleins de malveillance, émit des grondements rageurs. Puis une main humaine de taille beaucoup moins impressionnante se leva pour retirer le masque de caoutchouc.

— Callum Dunn ! s'écria Tanya, moitié riant, moitié en colère.

— Espèce de...

Mais Amy, trop contente de revoir son ami, ne put que lui sourire. C'était la première personne avec qui elle avait sympathisé au cours de l'été alors que Tanya refusait de lui parler. Il lui avait manqué lors de ses deux mois à Londres.

Callum avait l'air ravi de leur réaction. Il ébouriffa ses cheveux noirs frisés, puis tira ses lunettes à la monture épaisse de sa poche pour les remettre sur son nez.

— Vous auriez vu vos têtes ! se réjouit-il. C'est mon masque pour le festival Monk. Il est pas génial ?

Amy le lui prit des mains pour l'examiner et passa le pouce sur les rainures brillantes et les écailles vert-de-gris.

— Très réaliste. Mais t'inquiète, on se vengera !

Elle gratifia Callum d'une accolade énergique qui le fit grommeler un peu, mais il lui rendit son étreinte.

— Je suis content de vous voir, toutes les deux. Tout va bien à Londres ?

— C'est chouette, mais on est bien de retour ici, dit Tanya en l'embrassant à son tour. Et toi, que deviens-tu ?

— Pas grand-chose, je nettoie des étables, comme d'habitude.

Après un long soupir pathétique, il afficha un sourire éclatant.

— Mais quand j'ai du temps libre, je le passe à l'hôtel Summertime. Et vous ? Tanya, tu joues toujours les paparazzis avec les écureuils ?

— Tu peux te moquer, mais figure-toi qu'une de mes photos a été publiée dans le *Terre sauvage* du mois dernier.

— Mais c'est merveilleux, Tanya, intervint Edward, qui commençait à débarrasser le goûter avec Lottie. Une revue nationale !

— C'était une très belle photo, ajouta Amy avec fierté. Un renard qui sortait juste d'une poubelle renversée. Tanya avait passé la soirée à l'attendre.

— Bravo, fit Callum, impressionné. Alors tu arrives à trouver de la faune sauvage à photographier à Londres.

— Eh oui. Foxwood signifie peut-être « bois des renards », mais je parie qu'il y a plus de renards là-bas que dans les campagnes d'ici. Et puisque Amy te dit tout sur moi, je peux te révéler que son équipe de foot est arrivée première de sa division cette saison !

— Waouh ! Leo Messi n'a plus qu'à aller se rhabiller.

— Chapeau, Amy, lui glissa Lottie, visiblement très heureuse pour elle.

— Merci, répondit la jeune fille en piquant un fard.

Elle envoya un sourire reconnaissant à Tanya et laissa le masque de caoutchouc pour s'intéresser de plus près aux glaçages de Lottie.

— Il y a comme une thématique, là, non ?

— Tout à fait, dit Lottie, qui posa un plateau sur le comptoir, puis prit le masque à son tour pour en étudier chaque détail horrifiant. C'est Face de Poisse ? Très réussie, cette version, Callum.

— C'est en référence à un réalisateur de films muets, très célèbre par ici, expliqua Callum aux filles.

— C'est ce que nous disait Lottie. Mais qui est Face de Poisse ?

— Ah, ah ! Face de Poisse était le méchant le plus célèbre de Monk, expliqua Callum, qui forma des griffes avec ses mains et se mit à parler d'une voix grave avec un accent nasal à l'américaine. *Une expérience qui tourne affreusement mal : moitié poisson et plus très homme, il rampe en dehors de votre champ de vision. Ce n'est qu'une ombre, vous dites-vous, jusqu'au moment où... ta-ta-tam ! IL FRAPPE !*

— Tu pourrais devenir doubleur, jeune homme, s'esclaffa Lottie.

— Je ne t'aurais pas cru fan de films d'horreur, Callum, fit Amy, qui plissa le nez avec amusement. On t'a quand même vu hurler de trouille devant des chauves-souris !

— Aïe, tu as tapé juste, fit son ami, théâtral, en portant la main à son torse. Mais tu as raison, je ne suis pas très fort sur les films flippants. Par contre, ceux de Monk sont tellement en carton-pâte que je supporte. Les costumes sont à mourir de rire. Ce masque-ci est plus réussi que ceux du vrai film.

— Il me tarde de voir ce que ça donne à l'écran, conclut Amy. Et le festival se déroule cette semaine ?

— Oui, ça commence ce soir. Bon, vous venez à l'hôtel ?

— Allez-y, dit Lottie. Vous devez avoir très envie de le revoir.

— C'est sûr, admit Tanya. À bientôt !

— Et merci pour les cupcakes, ajouta Amy. Ils vont avoir un succès fou, je vous le garantis.

Après avoir pris congé, elles reprirent le chemin en sens inverse. Amy se mit la main en visière au-dessus des yeux. L'hôtel Summertime était encore plus majestueux en automne, se détachant dans le ciel bleu sur un fond d'arbres aux tons rouge et ocre. La grille d'entrée était flanquée de deux grands hêtres pourpres, encore plus imposants maintenant qu'ils étaient dégagés du lierre et des mauvaises herbes. Ils formaient un décor parfait pour un festival de films d'horreur, avec leur feuillage violacé encadrant le portail de fer forgé. Si on les ornait de guirlandes de citrouilles, ça pourrait avoir son petit effet.

Amy repéra du mouvement derrière les grilles.

— Tiens, qui est-ce ?

Elle désigna une fille qui se dirigeait vers le centre du village, ralentie par le poids d'une énorme pile de livres dans ses bras et d'un gros sac à dos rose et noir. Amy ne se rappelait pas l'avoir vue pendant l'été, et elle n'aurait pas oublié ces cheveux roux ondulés.

– Elle n'est pas d'ici, mais je la reconnais, dit Callum. Elle vient tous les ans pour le festival avec ses parents. Elle a peut-être besoin d'aide ?

– On peut au moins lui proposer, approuva Tanya.

Ils se dépêchèrent de franchir la grille pour la rejoindre. En entendant les bruits de pas, elle s'arrêta pour regarder tant bien que mal par-dessus son épaule.

– Tu veux un coup de main pour porter tout ça ? proposa Callum avec un grand sourire.

La jeune fille déplaça d'un souffle une mèche flamboyante qui lui tombait dans les yeux et rattrapa les livres qui glissaient.

– Ah, oui, pourquoi pas.

– Tu lis très vite, à ce que je vois, plaisanta Callum en passant quelques volumes aux deux autres et en gardant le reste pour lui.

– Ne fais pas attention à ses blagues nulles, fit Amy en levant les yeux au ciel, attendrie malgré tout. C'est Callum, je suis Amy et voici ma... voici Tanya.

Elle rougit un peu, mais n'était pas prête à présenter Tanya comme sa sœur. Celle-ci devait éprouver la même chose, car elle lui adressa un petit sourire en coin.

— Je m'appelle Katy.

La rousse commença à tendre la main, puis hésita en voyant que les autres avaient maintenant tous les leurs occupées. Elle dansa d'un pied sur l'autre, puis glissa les pouces sous ses bretelles de sac à dos décorées de sequins.

— Salut, Katy, dit Amy avec un hochement de tête amical.

— Bon, dans tous les cas, Callum, fais pas l'idiot, dit Tanya en regardant les livres qu'elle tenait. Ce sont plusieurs exemplaires du même bouquin.

Amy regarda le premier de sa pile. Doté d'une couverture verte sans fioritures ni illustrations, il annonçait en caractères formels : *Analyse critique de la filmographie d'Horatio Monk. Par Magnus et Miriam Rockley*.

— Ça parle de Monk ! s'écria-t-elle.

— Oui, dit Katy en rougissant, encore plus mal à l'aise. Il a été écrit par mes parents, et c'est le stock à vendre pendant le festival. Ce sont des... euh, des fans de Monk. Ils sont professeurs de cinéma à l'université. (Elle se tortilla un peu sous le poids de son sac à dos.) Et j'aurais préféré qu'ils fassent plus court. Ça pèse une tonne.

– Ben dis donc ! s'exclama Callum. Des spécialistes de Monk ! C'est plus rigolo que d'avoir des parents experts ès vaches !

Katy regarda les grilles derrière eux, puis la fontaine de marbre dans l'allée.

– C'est quoi, cet endroit ? Ça a l'air imposant.

– L'hôtel Summertime, annonça Tanya. C'est notre lieu de vie.

– Ça alors, souffla Katy. Vraiment ? Un genre de foyer où les jeunes se retrouvent ?

Une expression d'envie se lisait clairement sur son visage.

– Tu veux venir voir ? suggéra Amy. On y allait, justement.

Le visage de Katy s'éclaira.

– Ça me plairait beaucoup.

– C'est parti. On pourra laisser ces livres dans le hall et faire le tour.

Amy ne fut pas fâchée de lâcher sa brassée de livres sur le carrelage noir et blanc de la réception. « Pauvre Katy, qui devait en trimballer quatre fois plus ! » se dit-elle.

Mais Katy ne pensait pas aux livres, et elle avait même oublié de se débarrasser de son sac à dos. Elle restait au milieu du hall, tournant lentement la tête pour découvrir les boiseries d'acajou ouvragé, les vitres et miroirs étincelants, l'énorme lustre suspendu au plafond de plâtre mouluré. On entendait des échos de cris et de rires depuis les chambres de l'étage. L'hôtel était plein de vie, se dit Amy avec bonheur.

– Génial, commenta Katy. Comment avez-vous trouvé un endroit aussi bien ?

– C'est une longue histoire, fit Callum en riant. Viens, on te racontera en te faisant visiter.

À ce moment-là, une fillette déboula en trombe devant eux, effectuant une jolie glissade sur le carrelage bien lustré. Poursuivie par un groupe de copains, elle prit tout juste le temps de leur adresser un bref signe de la main avant de repartir dans un éclat de rire. « Ellie », pensa Amy, amusée par la petite de neuf ans. Dans la première pièce qui donnait sur le hall, les jumelles Chloé et Olivia avaient étalé de grandes feuilles de papier à dessin sur le sol et peignaient des motifs de fleurs et d'oiseaux colorés. En entendant le couinement des baskets, elles levèrent les yeux.

– Ah, vous êtes là ! dit Chloé. Super !

Avec un sourire, elle lança un regard interrogateur vers Katy.

– Je vous présente Katy, dit Amy en la tirant vers l'avant. On lui fait visiter.

– Bienvenue à l'hôtel Summertime, Katy ! lui dit Olivia. Et salut à vous, les Londoniennes. C'est sympa de vous voir.

– Et c'est génial d'être de retour, compléta Amy en toute honnêteté. Très joli, ce que vous faites. C'est quoi ?

– C'est pour le couloir de la véranda. Vous savez, le grand mur blanc, en face de la fresque de Lucas.

Olivia tourna la tête en entendant un rythme effréné à quelques pièces de là.

– Ah, les garçons ont recommencé ! Allez leur dire bonjour, il faut absolument admirer leur nouvelle batterie !

Dans la véranda ils trouvèrent Mark, Tom, Jack et Oscar qui répétaient, les amplis réglés assez forts pour faire vibrer la pièce. Amy rit et se mit les mains sur les oreilles pour mimer bonjour avec les lèvres.

Oscar agita une baguette et lui envoya un rapide sourire avant de se concentrer à nouveau sur le rythme. Avec un grand geste, Mark plaqua un dernier accord, puis la musique se réverbéra un instant et s'éteignit.

Amy, Tanya et Callum applaudirent avec frénésie.

— Allez, Mark, plonge dans la foule ! l'invita Callum, joueur, en levant les bras.

— Vu ton talent aux jeux de ballon, je vais pas tenter ! lui cria Mark en retour.

Katy admirait la véranda, avec ses meubles d'osier et de fer forgé peint en vert pâle, ses tomettes et son papier peint aux motifs délicats de feuilles de vigne.

— Trop bien, cette pièce.

— Ça, tu l'as dit, répondit Callum qui se retourna, entendant arriver quelqu'un. Ah, regardez qui voilà.

Son ton n'avait rien d'enthousiaste, mais il aurait été difficile de lui en tenir rigueur. Il n'était pas fan du garçon blond qui venait d'entrer, entouré d'enfants plus jeunes. Lucas Richards était très affairé à exposer dans ses moindres détails une batte de cricket en saule à ses compagnons essoufflés, parcourant de l'index sa surface lisse. En apercevant Amy et ses amis, il hésita, pris de court.

— Salut, Lucas, dit Amy.

Au début, elle avait détesté l'enfant gâté de M. Richards, mais elle devait reconnaître qu'il s'était amélioré au cours de l'été. Il avait été bien utile quand il s'était agi de retrouver Edward, par exemple.

Mais Lucas avait plissé les yeux et Amy sentit un soupçon de malaise en voyant que son regard peu amène était destiné à Katy.

– Qu'est-ce qu'elle fiche ici, elle ? demanda-t-il d'un ton cassant.

Amy s'efforça de garder son calme.

– Katy est là pour le festival. On vient de la rencontrer dehors, et on l'a invitée à visiter l'hôtel. Je ne savais pas que vous vous connaissiez.

Elle lança un regard pénétrant à Lucas, qui ouvrit la bouche, puis se ravisa. Il tourna les talons et sortit de la pièce à grands pas.

– Bon, fit Amy dans un souffle après un silence gêné. C'était bizarre.

Elle haussa un sourcil interrogateur à l'intention de Katy, mais celle-ci se contenta d'une moue.

– Je sais pas ce qu'il a. Je l'ai rencontré l'année dernière, mais je ne pourrais pas vous dire ce que j'ai fait pour l'agacer.

– Bof, c'est Lucas tout craché, conclut Tanya. Il voit que tout se passe bien et il crée des problèmes là où il n'y en a pas.

Amy se mordit la lèvre en suivant le garçon du regard. Cela ne lui ressemblait pas de quitter les lieux sans même une repartie assassine. Pendant que les autres se remettaient à bavarder, elle rattrapa Lucas. Il n'était pas parti loin : adossé au mur du couloir, il boudait.

– Qu'est-ce qui se passe ? lui demanda-t-elle en essayant de lui sourire franchement. Tout va bien ?

– Ben, évidemment. Tu es sûre que toi, ça va ?

– Allez, je vois bien que c'est pas vrai, répondit Amy, qui garda son expression amicale. C'est au sujet de Katy, non ?

– Je vois pas ce que tu vas chercher. Ça roule pour moi. Ça plane, même, parce que je serai sorti de ce trou pourri d'ici peu.

– Tu appelles l'hôtel Summertime un trou pourri ? s'offusqua Amy.

Lucas poussa un soupir impatient.

– Mais non, susceptible ! Je me barre de Foxwood. J'en peux plus de ce bled, et après les prochaines vacances, je pars à Haddon Hall. Ouf !

Amy connaissait de nom cet internat privé très cher.

– Haddon Hall ? C'est loin d'ici, non ?

– Oui, et c'est parfait comme ça, fit Lucas en se tapotant la main avec sa batte de cricket. Tu vois ça ? Super qualité, signée par les deux derniers capitaines de l'équipe d'Angleterre. D'ici l'été prochain, je serai roi du cricket, et je n'aurai plus jamais à repenser à Foxwood.

Amy serra les dents pour éviter de lui répondre par une invective. Le mépris dans sa voix rappelait trop l'ancien Lucas, celui qu'elle ne pouvait pas encadrer. Quand elle était arrivée, il cherchait toujours les ennuis et se montrait désagréable au possible : il se moquait du fait que Callum soit fils d'éleveurs, de la dyslexie de Tanya, et ne pouvait pas faire un pas sans montrer qu'il était de la famille la plus riche du village. Pourtant, il s'était amélioré au cours de l'été et avait même réalisé une superbe fresque à la bombe pour un mur de l'hôtel.

Amy, qui commençait juste à l'apprécier, espéra qu'il n'allait pas retrouver ses manières d'avant.

– C'est cool, dit-elle d'un ton qu'elle parvint à rendre neutre. Mais je suis sûre que tu n'oublieras pas Foxwood.

– Oh, si. Le plus tôt sera le mieux.

Il cessa de s'appuyer au mur et partit sans se retourner. Amy secoua la tête avec résignation et repartit dans la véranda. Callum avait disparu, mais Tanya et Katy parlaient avec une fille un peu dégingandée qui arborait une mèche rose dans ses cheveux châtains.

– Eva !

Amy oublia Lucas et son caractère insupportable. C'était rare de voir Eva Marchmont loin de sa mère, qui luttait contre un cancer.

– Comment ça va ? lui demanda-t-elle.

– Bien, vraiment bien, lui répondit Eva, souriante, en l'embrassant rapidement. Je vais te dire ce que je viens d'annoncer aux autres. Ma mère a reçu ses derniers résultats d'analyses ce matin, et c'est officiel, elle est en rémission.

Joignant les mains, Amy laissa libre cours à sa joie.

– C'est génial, Eva !

– Exactement, approuva Tanya, rayonnante elle aussi.

Elles retournèrent au hall de l'hôtel, où Ellie et ses amis criaient en jouant à trap-trap à grand renfort d'écho dans le vaste espace.

– Non mais, écoutez-les un peu. Bon, j'aimerais rester, mais j'ai mon cours de taekwondo, dit Eva d'un air dépité. On parlera plus tard, OK ?

Elle mit son sac à dos sur son épaule et partit en saluant de la main.

– Promis ! lui lança Amy.

Quand les portes battantes se refermèrent sur Eva, Amy souriait encore. C'était une nouvelle fantastique. Amy n'avait rencontré qu'une fois Mme Marchmont, mais elle l'avait appréciée autant qu'Eva. L'une poussait sa fille à sortir se faire des amis, tandis que l'autre voulait absolument rester à la maison pour s'occuper de sa mère. Elles méritaient bien leur soulagement, toutes les deux.

À peine Eva était-elle partie que les portes se remirent à claquer. Une bourrasque soudaine projeta des feuilles mortes sur le carrelage noir et blanc et les petits poussèrent des cris de terreur. Dans l'encadrement de la porte se dressait une silhouette sombre enveloppée d'une grande pèlerine noire et entourée d'un halo de lumière qui rendait son visage indiscernable. La cape s'agita et la silhouette menaçante agita les bras, imitée par son ombre sur les carreaux.

– Votre heure a sonné, annonça-t-elle en un grondement amplifié par l'écho. Préparez-vous à subir la colère du Spectre de Summertime.

Alors qu'Ellie battait en retraite, Tanya s'élança en avant, poings sur les hanches.

– CALLUM DUNN !

Le spectre rejeta sa capuche en arrière et posa les mains sur ses hanches pour l'imiter. Amy éclata de rire. Ellie et ses copains lui crièrent des reproches, puis se mirent à rire à leur tour. Effectivement, c'était bien Callum, un sourire satisfait aux lèvres, et la terrifiante pèlerine noire n'était autre qu'un grand sac-poubelle.

– Alors, là, Callum, tu vas trop loin ! le prévint Amy en agitant le doigt. Tu ne perds rien pour attendre. Tu vois, Katy, Callum a décidé de nous rendre folles depuis qu'on est arrivées. D'abord, il nous a fait peur avec un masque de Face de Poisse pas possible, maintenant, ça...

Katy riait aussi fort qu'eux.

– Tu sais ce que ça veut dire ? déclara-t-elle à Amy d'un air entendu, avant de se tourner vers le groupe. Je déclare la guerre des farces ouverte !

3

Affalé sur le canapé d'osier de la véranda, encore revêtu de sa cape de plastique, Callum était tordu de rire à constater l'effet de sa blague. Les petits tiraient sur le sac-poubelle en le taquinant.

– C'était mortel ! s'exclama-t-il, très content de lui. Je vous le dis, j'adore Halloween et le festival Monk.

– Attention à toi, Dunn, lui lança sèchement Amy. Toi aussi, tu auras la peur de ta vie, et au moment où tu t'y attendras le moins !

– Le festival Monk, c'est trop nuuul ! chantonna Ellie. Devant Monk, on s'ennuiiie !

Elle tira la langue à Callum, qui lui répondit d'un ton professoral qu'elle se trompait, avant de laisser un sourire fanfaron s'épanouir sur son visage.

– Tu ne t'ennuierais pas en regardant *La Fiancée tarentule*, Ellie. Le film a été tourné ici même, et te donnerait une perspective inédite sur les chambres du deuxième étage.

Il ponctua sa déclaration d'un rire machiavélique, et Ellie frissonna.

– Arrête ! cria-t-elle en lui donnant un coup de poing dans le bras.

– J'aime bien les films de Monk aussi, dit Mark. Par contre, Callum, même toi, tu dois reconnaître que les conférences qu'ils donnent pendant le festival, c'est pas trop l'éclate.

– C'est bien vrai, approuva Oscar. Au lieu de s'amuser, les amateurs de Monk s'assoient dans la salle des fêtes et regardent des présentations PowerPoint interminables. Ça, pour le coup, c'est l'horreur.

– En plus, on ne célèbre pas Halloween aussi bien qu'ailleurs à cause de Monk, se plaignit Ellie.

– Bon, vous avez peut-être raison, concéda Callum. Même moi, ça m'arrive de m'ennuyer pendant certaines animations pas très animées. Ce serait mieux si on regardait les films, tout simplement.

Il se pencha vers ses amis, une lueur d'excitation dans les yeux.

– Et si on organisait notre propre festival Monk, ici, à l'hôtel ? Une double fête Halloween-Monk. On pourrait tenir ça le week-end prochain, pendant la dernière soirée du festival.

– Hou, chouette idée ! s'écria Chloé.

– Et notre fête serait destinée à tout le monde, pas qu'aux adultes, ajouta Olivia. Qu'est-ce que vous en pensez, vous autres ?

– Ah, ouais !

Mark rangeait sa guitare dans son étui pendant qu'Oscar séparait la grosse caisse des toms pour les empiler dans un coin.

– Vous savez, je me disais ce matin que l'hôtel pourrait être un super lieu pour fêter Halloween. On pourrait le décorer façon maison hantée, et ça rendrait mieux que toutes les maisons du village.

– Et une fois qu'on l'aurait rendu hyper-effrayant, ce serait l'endroit idéal pour passer tous les films de Monk, compléta Tanya, qui regarda les autres avec enthousiasme.

Oscar donna un coup de cymbale charleston, qui résonna dans la véranda.

– Ça me plaît, comme idée ! Tout le monde pourrait se déguiser comme des personnages de ses films, et on couvrirait tout de toiles d'araignée et de citrouilles.

– Et de vieux filets de pêche, pour Face de Poisse, ajouta Jack. Avec d'horribles créatures prises dedans.

– On pourrait décorer un mur de la salle de projection, dit Chloé. Un cimetière géant, ce serait cool !

– Ah, oui ! s'écria Ellie, qui se regroupa avec les amis de son âge, neuf ans environ. On peut participer. On a fait des pierres tombales en carton à l'école, cette semaine. Elles rendent vachement bien !

– Ça marche, lui dit Olivia en lui tapant dans la main.

– Mais comment on va s'y prendre, pour montrer les films ? s'interrogea Jack. Ce n'est pas avec un lecteur DVD et une petite télé qu'on pourra recevoir beaucoup de monde.

– Je sais ! dit Callum. Je vais poster une demande sur Troc en stock. Quelqu'un aura bien un vidéoprojecteur qu'il pourrait nous prêter.

Les amis avaient mis au point ce service d'échanges en ligne pour acquérir sans frais des fournitures pour l'hôtel. Cela avait bien fonctionné, et ils avaient ainsi pu se procurer du matériel de sport comme de peinture et de musique. Mais que pourraient-ils faire en échange d'un vidéoprojecteur ?

– On pourrait proposer de ranger les décorations d'Halloween chez les gens, proposa-t-elle. C'est comme le blues d'après Noël. Personne n'a envie de le faire.

– Ou alors, on pourrait leur offrir des tickets VIP pour les séances ! suggéra Olivia, qui bondissait sur son siège d'excitation.

– Ah, super idée ! répondit Amy. On pourrait leur donner le titre de sponsors, leur offrir des petits-fours supplémentaires et des sièges plus confortables.

– Je ne sais pas, tempéra Tanya. Un vidéoprojecteur, ça peut être difficile, même avec notre super Troc en stock.

– On croyait qu'on aurait du mal à trouver une batterie, objecta Jack, et pourtant, on a réussi.

– Ah, c'est vrai ! Comment vous y êtes-vous pris ? demanda Amy.

Jack se cala confortablement dans l'un des fauteuils en osier, l'air très satisfait de lui.

– En fait, c'est un groupe qui joue dans des bars à Hartsmere et qui prenait une nouvelle batterie. Il nous a suffi de venir jouer les roadies quatre samedis, et elle était à nous ! Il fallait juste trimballer tout leur matos, et faire les balances avant les concerts. C'était facile.

– En plus, c'était trop bien, ajouta Oscar.

– Et en bonus, regarde un peu nos muscles, maintenant !

Les autres rirent de bon cœur en le voyant exhiber ses biceps.

– Je crois qu'on tient un plan, conclut Tanya, les yeux brillants. On devrait commencer à dessiner des affiches.

– Tu as raison, dit Amy. Mais le festival se termine samedi, non ? Ça veut dire qu'on n'a même pas une semaine. Katy, tu dois bien maîtriser Monk, grâce à tes parents. Ça te dit de nous aider ?

– Si vous voulez, marmonna Katy.

Amy se rendit compte un peu tard que la nouvelle venue était restée silencieuse depuis qu'ils parlaient de leur projet. Elle espéra qu'elle ne se sentait pas exclue. Soudain, elle rougit. Prise comme elle l'était dans l'euphorie de leur idée, elle n'avait pas pensé que Katy pouvait être vexée par les réflexions sur les conférences, dans lesquelles ses parents jouaient sans doute un rôle important.

– Oh, je suis désolée. Tu as dû nous trouver super-impolis de parler comme ça du festival Monk. Je sais que tes parents doivent y consacrer beaucoup de temps, c'est juste que ce n'est pas vraiment intéressant pour les enfants, et...

Katy secoua aussitôt la tête. Ses cheveux roux lui masquaient le visage, aussi était-il difficile de savoir ce qu'elle pensait.

– Non, ce n'est pas grave, dit-elle.

Amy n'était toujours pas très à l'aise vis-à-vis d'elle. « C'est peut-être simplement qu'elle ne se sent pas encore intégrée dans le groupe, se rassura-t-elle. Bah, il suffira de l'impliquer dans les projets de l'hôtel. La magie Summertime opère toujours. »

– Tu n'as pas le droit de décoller les deux pieds du sol à la fois ! cria Tanya à son grand-père. Va moins vite !

Le ciel s'assombrissait au-dessus d'Apple Cottage et les chèvres apprivoisées qui vivaient dans le jardin regardaient les humains comme s'ils avaient complètement perdu l'esprit. Amy riait sous cape en regardant John essayer de se plier aux règles de leur partie de zombie-foot. Il n'avait sans doute pas vu assez de films de zombies, car il n'arrêtait pas de trottiner... ce qui était absolument interdit, en tout cas pour l'équipe des morts-vivants. Thomas était bien décidé, avec son ami Steven, à vaincre John, Tanya et Amy, et celle-ci n'avait pas l'intention de le décevoir.

– John, essayez de traîner les pieds ! lui cria-t-elle en riant.

– Aaaargh, fit John tel un vrai zombie. C'est plus dur que je n'aurais cru.

Il s'élança vers la balle, mais Amy était déjà dessus. Elle avança avec et tenta un coup de pied rasant, mais le ballon ne parcourut qu'un ou deux mètres avant d'être intercepté par Thomas. Celui-ci dribbla pratiquement jusqu'aux poteaux matérialisés par des pulls, et tira avec un cri de victoire.

– Huit à zéro !

Steven et lui échangèrent des coups sur les poings.

— Thomas et Steven, vous êtes en train de ratatiner toute une horde de zombies. Je vous veux dans mon équipe à l'école.

— Nous et Bart, précisa Thomas en entourant du bras son chevreau préféré.

Bart lui donna un petit coup de tête affectueux. Il avait déjà bien grandi depuis l'été précédent.

Tanya gémit en trébuchant une nouvelle fois.

— C'est trop difficile, le zombie-foot. On se fait battre par deux enfants de six ans et une chèvre. Ta réputation sera ternie à jamais, Amy.

— C'est vrai.

Mais Thomas et Steven s'amusaient comme des petits fous, courant en cercle autour des trois joueurs contraints de se déplacer en mode mort-vivant. Amy se traîna encore vers la balle, mais Steven s'interposa avec agilité pour la lui reprendre, la passa à Thomas, qui marqua encore une fois avec aisance.

— Neuf à zéro ! se réjouit Steven. Et dans le noir !

En effet, la nuit était complètement tombée. Le ciel était bleu marine et les étoiles commençaient à briller. On en distinguait largement plus qu'à Londres, pensa Amy en regardant en l'air. S'ils n'avaient pas profité de la lumière de la cuisine, ils n'y verraient déjà plus grand-chose.

La porte de derrière s'ouvrit et Pat apparut. Elle s'essuyait les mains à un torchon.

– Il va falloir arrêter si vous voulez être à l'heure pour la présentation sur Monk, annonça-t-elle.

– Ah, mince, dit Amy en essayant de regarder sa montre dans l'obscurité. J'ai perdu la notion du temps.

– Ça a intérêt à valoir le coup, maugréa Tanya en suivant Amy dans Apple Cottage alors que les deux petits couraient vers la chambre de Thomas. Je n'arrive pas à croire que Callum nous a convaincues d'assister à une conférence sur Monk, alors que tout le monde vient de rappeler que c'était nul.

– Au moins, on pourra voir des extraits de films, vu que c'est l'ouverture du festival, rétorqua Amy. On aura une petite idée de pourquoi on fait tout un plat de ce Monk. Il faut bien le connaître, sachant qu'on va organiser notre propre festival en son honneur ! Et si c'est imbuvable, on pourra se venger sur Callum. Il les accumule, en ce moment. Franchement, son coup avec le sac-poubelle !

– C'est vrai, il exagère, dit Tanya, qui riait devant les mimiques scandalisées d'Amy. Peut-être qu'on trouvera de la matière pour une blague de revanche.

— Les filles ! appela Pat. On a un quart d'heure pour y être ! Thomas et Steven, je vous ai préparé un chocolat chaud !

Dans le couloir, Pat passa leurs manteaux à Amy et Tanya.

— J'irai m'asseoir avec mes amies, promit-elle en riant. Vous, les jeunes, vous pourrez rester ensemble. Je ne vous embêterai pas, mais j'adore les films de Monk !

Tanya passa son foulard à sa grand-mère.

— Tu pourrais rester avec nous, tu sais. Ne te trouve pas d'excuses : tu as juste envie de te tenir au courant des derniers potins !

Elles partirent à pied en direction du parc et de l'église, sur des routes inhabituellement encombrées de voitures. Pat, quelques mètres derrière les filles, avait déjà retrouvé deux amies, et elles bavardaient avec animation en désignant des personnes parmi les arrivants. Pas étonnant, se dit Amy en regardant les visiteurs. Nombre d'entre eux tenaient des torches allumées qui projetaient des ombres inquiétantes sur leur visage, et la plupart portaient des costumes rappelant les films. Amy compta cinq Face de Poisse, et quelques monstres si bien réussis qu'elle fut contente que Thomas soit resté à la maison. Cependant, aucune activité monstrueuse n'était en cours et l'ambiance était tellement bon enfant qu'Amy se surprit à attendre avec impatience ce qui allait suivre.

Sa bonne humeur fut un peu douchée quand elles passèrent à côté des anciens terrains de sport, où on ne voyait plus aucun signe d'herbe ni de démarcations blanches, mais de la terre retournée, des bulldozers et des fondations de béton. M. Richards avait acheté l'ensemble pour y construire une résidence de luxe. Un immense panneau derrière le cordon de sécurité présentait une image numérique de la future structure. Amy trouvait le projet m'as-tu-vu et d'un goût douteux, mais elle était sans doute de parti pris. N'empêche, elle restait furieuse de penser que le père de Lucas avait fait disparaître les seuls terrains de sport disponibles à Foxwood. Dire qu'il avait failli leur prendre aussi l'hôtel Summertime !

– Beurk, fit Tanya en faisant la grimace, le regard orienté dans la même direction qu'elle. Qui va acheter ces appartements ? Pas des gens d'ici, en tout cas. Ça m'étonnerait qu'ils puissent se les payer.

– Je suis contente qu'au moins, on ait l'hôtel Summertime pour nos matchs de foot à cinq contre cinq, dit Amy, voyant à nouveau le bon côté des choses. On pourrait peut-être organiser un autre tournoi avant la fin des vacances ?

– Bonne idée, c'est toujours sympa. Bon, on arrive à l'église, c'est là. Ah, on va devoir passer par le cimetière pour y arriver. Ça nous mettra dans l'ambiance.

Derrière les grilles du cimetière, l'obscurité éclairée à la flamme çà et là n'était guère rassurante. Malgré les bavardages des gens autour d'elles, Amy sentit un petit frisson lui parcourir l'échine en suivant l'allée encadrée de torches qui projetaient des ombres sur les pierres tombales. De plus, elles étaient surplombées de statues d'anges de marbre, dont les visages semblaient prendre vie avec la lumière mobile.

– C'est un peu flippant ! dit Amy en se frictionnant les bras. Tout ce qui manque, c'est...

– Callum ! cria Tanya en l'agrippant.

Une silhouette encapuchonnée venait de faire irruption de derrière une crypte.

– Exactement !

Amy le foudroya du regard, mais ne put s'empêcher de sourire en coin.

– Callum, ça commence à bien faire ! Et on ne va pas se faire avoir deux fois par un sac-poubelle !

– Et pourtant, ça a bien failli ! dit le garçon tout guilleret, époussetant sa cape en plastique de la mousse et de la poussière qui s'y étaient accumulées.

Tanya lui chatouilla les côtes.

– Tu es vraiment à fond dans tes séries B, toi.

– Pff, tu es jalouse de ma superbe cape, dit-il en la rabattant sur son visage avant de pousser un rire sardonique de méchant. En tout cas, il n'y a que nous. J'ai invité Eva et Lucas, mais Eva ne pouvait pas venir et Lucas n'avait pas la permission.

– Lucas n'a pas la permission ? s'étonna Amy. Depuis quand il ne peut pas faire tout ce qu'il veut ?

– Et même, depuis quand ça l'arrêterait ? ajouta Tanya. On dirait qu'il se remet à nous prendre de haut. Tant pis.

Amy n'en était pas si sûre. Lucas avait réagi assez violemment en voyant Katy tout à l'heure. Que s'était-il passé entre eux deux l'année précédente ? Peut-être restait-il chez lui dans le simple but de l'éviter ?

Justement, Katy se tenait sous le porche de l'église, à côté d'une table croulant sous les exemplaires du livre de ses parents. Elle salua d'un petit geste Amy, Tanya et Callum, mais n'avait pas l'air enchantée de la tâche qui lui avait été assignée.

« Remarque, elle a peut-être honte de son costume », pensa Amy, qui s'arrêta pour regarder. Katy était vêtue de la tête aux pieds comme une apicultrice. Le grillage qui aurait dû lui recouvrir le visage était rabattu sur la capuche, sans quoi il aurait été impossible de la reconnaître ; seules quelques petites mèches cuivrées s'en échappaient.

– L'Apicultueur, souffla Callum à l'oreille d'Amy. *La Piqûre fatale*, *La Terreur des abeilles*, *La Nuit des faux bourdons*. Le personnage est aussi effrayant que le costume. Cela dit, il y a une scène avec un rayon de miel géant...

– Un rayon de miel géant ? T'es sérieux, là ? pouffa Amy.

– Je t'ai prévenue que c'était un peu tiré par les cheveux. Mais je te promets, c'est à mourir de rire. Salut, Katy ! Ce sont tes parents qui font la conférence ?

– Oui, répondit une Katy maussade.

– Trop bien ! s'enthousiasma Callum. Il faut qu'on aille s'asseoir, ça commence.

– Bonne soirée, fit Katy d'un ton toujours lugubre, agitant une main emmaillotée dans un énorme gant.

Sur les bancs durs et inconfortables, Amy crut au début qu'elle ne tiendrait jamais pendant toute la conférence. Callum avait l'air fasciné, mais les parents de Katy ne montraient aucun humour au sujet des films d'Horatio Monk, et quand ils en arrivèrent à la déconstruction des thèmes mis en abyme et à la signification profonde du *Monstre du marais*, Amy était presque évanouie d'ennui.

Heureusement, ils passèrent bientôt à des anecdotes concernant les environs, illustrées par des extraits de films montrés sur un petit écran installé devant l'autel. Là, c'était intéressant de voir des endroits familiers transformés en décors de scènes d'horreur et de désastre.

Avec un coup de coude, Tanya chuchota :

– Je n'irai plus jamais au marais de Pondham !

– Pas dans le noir, en tout cas, renchérit Amy.

– Et le Summertime, il n'est pas flippant, sous cet éclairage ? reprit Tanya en montrant l'image monochrome à l'écran.

– Chut, lança une dame à côté de Tanya avec un regard assassin.

Les deux filles étouffèrent leurs rires et s'efforcèrent de garder le silence. Apparemment, la conférence touchait à sa fin.

– Évidemment, disait la mère de Katy, l'alpha et l'oméga pour tous les aficionados de Monk serait de découvrir une bande de *La Mort arrive à l'aube*, qui est, ainsi que nous le savons tous, l'œuvre que Monk était en train de monter au moment de sa mort. Malheureusement, ce dernier film a été perdu à jamais. Des bandes brûlées ont été découvertes dans la cheminée le lendemain du décès. Il semble que le réalisateur ait été très insatisfait du résultat. Et c'est pour nous une tragédie. Nous ne pourrons qu'imaginer la dimension symbolique époustouflante qu'aurait pu apporter Horatio Monk au genre du film de vampires. Merci à tous, et encore une fois, bienvenue à la trente-septième édition du festival !

Sous les applaudissements du public, les conférenciers sourirent. Callum se pencha vers les filles et donna un bon coup dans les côtes d'Amy.

– Allez, il faut se réveiller ! Ce sera la dernière fois que vous manquerez de vous endormir à la mention d'Horatio Monk.

– Je n'en serais pas si sûre à ta place, répliqua Tanya.

– Promis, dit Callum avec conviction, tout enthousiaste. Monk savait captiver le spectateur. Il s'agissait de faire mourir les gens de peur, pas d'ennui. Et c'est ce qu'on va rappeler à tout le monde. Nous allons ramener le vrai esprit de Monk à Foxwood !

4

– J'ai une bonne et une mauvaise nouvelle, annonça Callum le lendemain.

Amy et Tanya se dirigeaient avec lui vers l'hôtel Summertime depuis la rue principale de Foxwood. Thomas et Steven couraient à quelques mètres devant eux.

– La bonne nouvelle, c'est qu'on peut avoir un projecteur grâce à Troc en stock ! Le propriétaire dit qu'il y a de petites réparations à faire, mais que c'est juste un ou deux fils à reconnecter. Sinon, il est en bon état.

La rue principale et le parc du village connaissaient une activité inhabituelle, des touristes comme des gens du coin s'y amassaient. Les gens restaient à bavarder par petits groupes, comme s'ils attendaient quelque chose. Même le boucher était sorti de sa boutique pour échanger avec un couple de personnes âgées. Amy et les autres durent se frayer un chemin dans la foule qui commençait à se former.

— Il se passe quelque chose de spécial ? demanda Amy en descendant du trottoir pour laisser passer deux mères avec des poussettes.

— Aucune idée, répondit Tanya. Bon, super pour le projecteur. Entre toi et moi, Callum, on se débrouillera pour le réparer. Si j'ai pu me dépêtrer du vieil appareil argentique au printemps dernier, je suis sûre que j'arriverai à venir à bout d'un projecteur !

Elle se frotta les mains avec satisfaction, puis demanda :

— Et la mauvaise nouvelle ?

— Hmm, la mauvaise nouvelle, c'est que le propriétaire n'a pas besoin de services : pas de corvées à la maison, pas d'échange, et les places VIP ne l'intéressent pas... En gros, il veut bien nous céder son projecteur pour soixante-dix euros.

Amy lança un coup d'œil à Tany, qui hocha la tête vigoureusement, aussi enthousiaste qu'elle.

— On a toutes les deux reçus vingt euros de nos parents pour les vacances, dit Amy. Ça nous fait déjà presque la moitié de la somme.

— Et moi, j'ai cinq euros d'argent de poche, ajouta Thomas, qui les avait écoutés. Je peux participer ? S'il vous plaît ?

— Bien sûr, le rassura Amy en lui ébouriffant les cheveux. C'est super-sympa, frérot.

– Moi, j'ai environ dix euros économisés sur mon argent de poche, et j'en ai pas mal de mes poules. J'ai le droit de garder l'argent quand je vends leurs œufs. Je peux sans doute ajouter dans les vingt euros.

– Donnes-en juste quinze, et Amy et moi, on complétera avec nos économies, dit Tanya en comptant sur ses doigts. Cinq chacune, c'est plus équitable.

– OK, ça marche ! conclut Callum, ravi. C'était facile. Je sais que d'habitude, on en reste à des services, mais le projecteur, c'est un cas particulier. On n'organise pas des festivals off tous les jours !

– Bien dit. Il faudra juste qu'on se jette moins que d'habitude sur les pâtisseries du nouveau café de Lottie, renchérit Amy. Ça nous aidera à résister.

– Impec. Mon père part en ville demain avec le camion de livraison. Je prendrai le projecteur à ce moment-là, conclut Callum en frappant dans ses mains.

Amy tendit l'oreille. Elle entendait de la musique au loin, derrière le brouhaha des passants. Des cuivres qui se rapprochaient. Elle regarda derrière elle et sourit.

– Regardez, un orchestre de rue.

Ils se pressèrent entre deux groupes de touristes et quand Thomas commença à sauter sur place,

Amy l'aida à monter sur ses épaules. Il devenait un peu lourd pour cet exercice, mais il avait vraiment envie de voir. Voyant cela, Steven tira sur la manche de Callum, qui soupira et le hissa à son tour sur ses épaules.

– Ils sont tous déguisés ! cria le petit garçon en les montrant du doigt.

Le défilé s'avança, avec des musiciens de jazz en tête. Callum entreprit de leur désigner des différents costumes.

– Trois Apicultueurs. Un Face de Poisse, et encore un. Steven, tu évites de me mettre la main dans l'œil, merci. Ce sont tous des personnages de Monk, vous voyez ? Il y a le troll du marais, l'assassin de *Panique*...

– Celui qui est en camisole de force ? demanda Tanya en protégeant ses yeux du soleil.

– C'est ça. Et la sorcière de Wenthrop, dans *L'horloge sonne minuit*. On dirait bien qu'elle a épousé l'un des Apicultueurs. Ha, ha, ça, c'était pas dans le film !

Amy trouva les monstres les moins humains particulièrement réussis. En s'approchant, elle s'aperçut que les énormes insectes visqueux qui suivaient l'orchestre étaient les parents de Katy.

– Ce sont peut-être des universitaires, mais ils sont vraiment dans l'esprit, remarqua-t-elle en les indiquant aux autres. Il y a des costumes qu'ils ont dû passer toute l'année à préparer. Regardez-ce poisson-là, avec ses énormes nageoires et toutes ses écailles !

– Je crois que les fans mettent au point leur déguisement très tôt, dit Callum. Tiens, la Fiancée tarentule !

– Ne me dis surtout pas ce qu'elle devient dans le film, gémit Amy.

– Oh, tu le sauras bien assez tôt, j'ai le DVD ! répondit Callum, triomphal. En fait, j'ai l'intégrale de Monk.

– Mais c'est pas possible, il a fait combien de films, ce mec ?

– Des tas ! Et tu devras les regarder tous si tu veux devenir membre à part entière de la communauté de Foxwood. Surtout maintenant qu'on va organiser des séances !

Thomas s'était mis à applaudir avec tant de frénésie qu'Amy faillit perdre l'équilibre.

– Attention à toi !

À côté d'elle, une femme prenait photo sur photo avec son téléphone. Amy n'avait pas de main libre pour attraper le sien, mais heureusement, Tanya était déjà occupée à mitrailler avec son appareil numérique.

— Ce serait bien que plein d'entre eux viennent costumés à notre projection de samedi, dit Tanya avec entrain. Enfin, j'espère surtout que plein d'entre eux viendront tout court.

— Sûrement. Olivia et Chloé ont déjà collé des affiches dans tout le village. Tu vois ?

Amy finit par faire descendre Thomas, malgré ses protestations, et pointa le doigt vers les lampadaires métalliques ouvragés de style victorien autour du parc. Elle ajouta :

— J'en vois aussi sur le panneau d'affichage municipal. Les jumelles ont dû se coucher tard hier soir !

Le défilé semblait toucher à sa fin. Le groupe de jazz arrêtait de jouer et les monstres en tous genres se mêlaient aux spectateurs. Une petite fille tira sur l'antenne en caoutchouc de la mère de Katy, qui s'accroupit gentiment pour la laisser voir.

— C'était trop bien ! déclara Thomas.

Amy lui prit la main et ils empruntèrent la ruelle tapissée de feuilles mortes qui menait à l'hôtel Summertime.

— Tu l'as dit, mon p'tit, répondit Tanya. Mais ça m'a rappelé que les fans de Monk prennent ça très au sérieux... et sont très nombreux ! Si les affiches fonctionnent, nous allons avoir besoin de tas de sièges supplémentaires dans la salle de bal.

– Ça ne devrait pas être difficile, avec tout le monde pour aider, répliqua Callum. Bon, Tanya, comment va-t-on se servir du projecteur ? Il n'a pas de lecteur DVD intégré, et c'est toi la technicienne du groupe.

Tanya sembla très touchée par le compliment.

– C'est quand même un modèle assez récent, donc il aura forcément un port USB. On pourra le relier à un ordi portable qui lira les DVD, suggéra-t-elle.

– Et on n'a pas la bonne taille d'écran. C'est très important pour le rendu des proportions, ajouta Callum. Il faut que ce soit comme du temps de Monk, et ce n'était pas du 16/9e, comme pour les films maintenant. Les fans remarqueront des détails dans ce genre.

– Il faut du 4/3, répondit Tanya en lui montrant son téléphone, le sourire jusqu'aux oreilles. Je viens de regarder. Apparemment, c'est le format standard pour les films muets. Lancé par Thomas Edison, excusez du peu. Ce n'est pas carré, mais ça ne fait pas hyper-large comme le Cinémascope.

Amy tournait la tête de l'un à l'autre, complètement dépassée. Elle ouvrit la bouche pour apporter sa contribution, puis se rendit compte qu'elle n'avait rien à dire et la referma.

– Je ne me doutais pas que tu en savais autant sur le cinéma que sur la photo, dit Callum avec respect.

– Bah, je sais faire une recherche sur Internet, avoua Tanya. Mais question lentilles, je m'y connais. C'est important d'avoir la lentille adaptée aux proportions.

Thomas poussa Amy du coude pour lui chuchoter à l'oreille :

– Qu'est-ce qu'ils racontent ?

– Euh, sincèrement ? souffla-t-elle avec un haussement d'épaules. Aucune idée.

Amy était contente que Tanya se penche sur les questions techniques et puisse échanger facilement avec Callum à ce sujet, mais elle était incapable de suivre leur conversation. Elle se tourna vers Thomas, qui lui tirait à nouveau sur la main.

– Est-ce que Steven et moi, on pourra venir voir les films ?

– Je ne sais pas si les films font vraiment peur ou pas, avoua Amy, indécise. Certains doivent être pâlichons par rapport à ce que vous regardez, mais quand même, des films d'horreur... Tiens, j'ai une idée. Si on organisait une fête du dessin animé pendant la semaine, spécialement pour vous ? Dans la véranda du Summertime, par exemple ?

– Ah, ouais ! approuva Steven. Ça serait super, Amy.

– Mais *La Fiancée tarentule* ? objecta Thomas avec espoir. Ça me plairait, je pense.

– Tu sais, vous vous ennuieriez peut-être devant les films de Monk, l'avertit Amy. Ce que vous regardez sur les chaînes de dessins animés est sans doute plus effrayant.

– Sûrement, reconnut Thomas.

– La vieille télé et le lecteur DVD seront nickel pour votre soirée à vous. On pourra vous apporter des jus de fruits, des petits...

Elle fut interrompue par un cri de terreur de Thomas, qui lui agrippa la main. Une forme avait jailli d'un buisson pour l'attraper par les jambes ; il continua de s'époumoner et Amy le tira vers elle, le cœur battant.

La chose émit un hurlement rauque et lugubre. C'était un poisson de caoutchouc vert-de-gris, aux grands yeux menaçants et à la bouche émaillée de petites dents aiguisées, mais qui se tenait debout sur des jambes écailleuses terminées par de longues griffes acérées. Il bougeait les mains comme des nageoires, mais celles-ci avaient de minuscules serres au bout de ce qui s'apparentait à des doigts.

— Je ne sais pas qui vous êtes, mais arrêtez ça tout de suite, ordonna Amy.

Accroché à elle, Thomas pleurait à chaudes larmes. Face de Poisse ôta son masque de caoutchouc.

— Ah, là, là, vous verriez vos têtes !

— Katy ! s'exclama Amy en la fusillant du regard.

— Eh ouais ! C'est le meilleur déguisement du festival, vous trouvez pas ? fit celle-ci, toute contente d'elle, en replaçant des mèches de cheveux roux derrière ses oreilles. Vraiment pas confortable, mais ça valait le coup de voir votre réaction ! Trop marrant !

Furieuse aussi, Tanya s'avança pour passer un bras autour des frêles épaules de son demi-frère.

— Et Thomas, tu crois qu'il a trouvé ça drôle ? s'écria-t-elle d'un ton cassant.

— Ben quoi, où est le problème ? demanda Katy en se renfrognant. Je croyais que c'était la guerre des farces. Quand c'était Callum, vous étiez pliées de rire.

— Mais Callum n'a pas terrifié des petits de six ans ! expliqua Amy avec colère.

— Allez, mon Thomas, dit Tanya en le guidant vers la grille de fer forgé. Allons voir ce qui se passe à l'hôtel Summertime.

Reniflant encore et se frottant le nez, Thomas obéit en lui serrant fort la main. Steven les suivit sans demander son reste, lançant des regards anxieux à son copain. La bonne humeur des garçons était sérieusement entamée.

Amy se retourna vers Katy, bras croisés.

– C'était débile, ce que tu as fait ! Il va en avoir des cauchemars !

Katy se mordit la lèvre et regarda devant elles.

– Bon, désolée. Je voulais juste faire mieux que le sac-poubelle de Callum.

– Et tu as réussi.

Callum s'interposa entre elles, leur adressant à chacune un sourire timide.

– Allez, Amy, tu dois reconnaître que c'était fort. Katy n'avait pas l'intention de faire peur à Thomas, c'était un accident. Et le déguisement est top.

– Mouais, fit Amy avec un regard peu amène.

– Thomas va s'en remettre, dit Callum en lui pressant le bras. C'est un dur à cuire.

– Bon, ben... Je vais retourner au défilé. Désolée, Amy. J'ai pas fait exprès.

Katy, presque aussi embarrassée que le jour de leur rencontre, avait quasiment pris la couleur de ses cheveux.

– OK. C'était un bon costume, parvint à marmonner Amy.

Elle la regarda retourner vers le centre du village d'un air abattu, traînant son masque de Face de Poisse, puis suivit Callum dans l'allée menant à l'hôtel. Elle en voulait encore à Katy, impossible de s'en empêcher. Et maintenant, ils allaient être en retard à leur réunion pour organiser la soirée Monk.

– Allez, dit Callum en ouvrant l'immense porte devant Amy. Thomas en rigolera bientôt. C'était comme une créature de dessin animé.

– Oui, tu as raison, reconnut Amy.

Ils montèrent en hâte à la bibliothèque et Amy essaya de se débarrasser de son irritation. Callum voyait juste : Thomas était sûrement déjà remis de sa frayeur. Pourtant, il n'y avait pas que cet incident. Elle se rappela la réaction étrange de Lucas quand il avait vu Katy.

Décidément, elle avait un pressentiment étrange vis-à-vis de cette fille...

5

Quand Amy et Callum arrivèrent dans le couloir de l'étage, la réunion battait déjà son plein dans la bibliothèque. Tous les autres étaient au rendez-vous, et les idées et avis fusaient. L'hôtel était toujours une source d'inspiration, se dit Amy avec un sourire. Elle décida d'oublier Katy pour le moment. C'était bien plus intéressant de penser à leur soirée Monk.

— Ah, tiens, Lucas !

Elle fut contente de le voir se diriger vers elle et Callum. Il devait bien avoir laissé sa mauvaise humeur de côté, depuis le temps. Dans tous les cas, autant faire l'effort de se montrer aimable.

— Tu es venu pour la réunion ?

Il accueillit sa question par un reniflement dédaigneux.

— Tu plaisantes ? J'ai mieux à faire.

Sans même s'arrêter, Lucas passa à côté d'eux et monta l'escalier. Contrariée, Amy regarda dans sa direction. Qu'est-ce qui le prenait ? Ou plus exactement, qu'est-ce qui le reprenait ? On aurait dit le Lucas du début d'été.

Elle adressa un haussement d'épaules à Callum, qui secouait la tête d'un air résigné, et entra dans la bibliothèque. Parmi toutes les belles pièces de l'hôtel, c'était une de celles qui avait sa préférence. De forme octogonale, elle comptait sur chacun de ses murs des étagères en acajou garnies de livres, et comprenait également des rayonnages en son centre. Malgré sa taille imposante, elle dégageait une ambiance conviviale, comme si l'on pouvait y comploter à loisir. Amy regarda le bureau adossé à un mur sous les étagères. C'était son faux encrier qui était la clé du passage secret menant au tunnel où vivaient les chauves-souris. Le tunnel était resté un secret entre eux quatre, et ce serait sans doute mieux que cela demeure ainsi.

Les autres jeunes étaient rassemblés à côté des étagères centrales, assis sur quelques chaises, coussins et fauteuils poires. Tanya et Thomas étaient déjà là, et Eva leur fit des gestes ravis de la main.

– Désolés pour notre léger retard, déclara gaiement Callum, qui s'affala dans une poire à côté d'Olivia. Alors, qu'avez-vous planifié ?

– On a vu vos affiches dans le village, dit Amy aux jumelles. Elles sont super ! Comment avez-vous réussi à abattre autant de travail en une journée ?

— Tout en double, répondit Olivia en riant, passant le bras sur l'épaule de sa sœur.

— On en fera de plus détaillées dans la semaine, avec les horaires de projection, et tout, ajouta Chloé. Pour l'instant, on parlait des décorations. Il va nous en falloir beaucoup.

— C'est sûr, l'appuya Olivia. Il en faudra des tas, pour un endroit aussi grand que le Summertime. Il faut lui rendre justice.

— Et on se disait qu'une annonce sur Troc en stock pourrait régler la question, expliqua Jack, l'enthousiasme se reflétant dans ses yeux marron. Les gens auront forcément de vieilles décorations qu'ils n'utilisent pas, comme pour Noël.

Oscar, allongé devant un ordinateur portable, releva les yeux.

— On fait la liste des objets dont on a besoin. Les choses qu'on voudrait avoir, en tout cas.

Amy s'assit à côté de lui.

— Vous avez pensé à tout, on dirait. Guirlandes électriques, citrouilles, squelettes, chauves-souris... Il vaudrait mieux éviter d'allumer trop de bougies, ça peut être dangereux. On pourrait demander s'il y a du monde qui aurait des lanternes.

— Ça rendrait bien, en plus, dit Oscar, qui tapa aussitôt son idée. Ah, et le père d'Ellie est le fournisseur de citrouilles au supermarché, mais ils ne lui prennent pas celles qui sont un peu abîmées et celles aux formes vraiment bizarres. Il est d'accord pour nous les déposer samedi matin, pour que celles en mauvais état ne pourrissent pas. On n'aura pas le temps de les tailler, mais des monceaux de citrouilles, ça donnera une super ambiance.

– Surtout si elles ont des formes bizarres ! Et entourées de guirlandes lumineuses, s'enthousiasma Olivia.

– Dommage qu'on ne puisse pas demander aux oreillards de poser, plaisanta Tanya.

– Là, la photo pourrait paraître aux infos nationales, s'esclaffa Amy.

– Donc pour la déco, on a avancé, récapitula Callum en agitant les mains pour demander le calme. Maintenant, important : il nous faut un grand écran pour projeter le film !

– Il y a peut-être des professionnels qui en ont, en ville. Comme le cabinet d'architectes de Summer Lane, par exemple. Pour quand ils présentent des projets à leurs clients, ou va savoir ? suggéra Mark en regardant à la ronde.

– Ou... M. Richards ? hasarda Olivia.

Ils échangèrent des regards blasés.

– Je ne l'imagine pas nous aider, même s'il en avait cinquante en réserve, répondit Callum. Non, tant pis, un grand drap blanc suffira.

— Dans un vieil hôtel, ça ne devrait pas être dur à trouver ! s'esclaffa Tanya. (Elle regarda Thomas, encore très taciturne depuis sa frayeur de tout à l'heure.) Si tu venais m'aider à en trouver un ?

— Bon, d'accord. Tant que tu ne me laisses pas tout seul.

— Mais non ! J'ai besoin que tu me protèges, lui dit Tanya, qui le prit par la main et l'emmena avec elle.

« Bien joué ! » se dit Amy, regardant avec affection sa demi-sœur s'occuper de son petit frère.

— Alors, dans quel ordre regarder les films ? demanda Callum. Chronologique ? On laisse le plus célèbre pour la fin ? Ou encore, on peut faire par thèmes et...

Eva se leva et s'étira.

— Bon, on dirait que vous avez réglé la plupart des questions. Je suis désolée, mais je dois vraiment y aller. Je dois m'entraîner pour un examen de piano, et je suis en retard sur certains morceaux.

— Oh, dommage, lui dit Amy. On se voit demain ?

— Ah, je pense pas, répondit Eva avec une moue de regret. Ma mère a retenu des places de théâtre en matinée. Ça nous fait une heure aller, une heure retour.

— C'est pas grave, dit gaiement Amy. On te tiendra au courant.

Sacrée Eva ! Elle avait autant de mal à tenir en place que l'été précédent, et courait presque autant partout que quand elle prenait soin de sa mère. Enfin, au moins, maintenant, elle s'amusait et ne passait pas son temps à s'inquiéter.

– Super, dit Eva en saluant tout le monde au passage. Bonne chance pour tout organiser !

Ils étaient plongés dans leur discussion sur l'ordre de passage des films depuis plus de dix minutes quand Amy commença à s'interroger.

– Qu'est-ce qui prend aussi longtemps à Tanya et Thomas ? Ça ne devrait pas être si difficile de trouver un drap dans un hôtel !

– Je me demande... Ah, quand on parle du loup ! s'écria Olivia.

Tanya entra dans la pièce, mais il n'y avait pas de trace de leur petit frère. Un doigt sur les lèvres, elle souriait.

« Quoi ? » fit Amy en mimant le mot en silence.

« Il arrive », lui signifia Tanya de la même façon, levant le pouce par-dessus son épaule.

Une forme enveloppée de blanc fit son apparition par la porte. La silhouette était bien petite pour un fantôme très effrayant, se dit Amy, qui parvint à transformer son grand sourire en cri de terreur.

Tanya aussi avait sursauté et s'était mise à crier. Les autres les imitèrent aussitôt.

– Houuuuu ! cria le petit fantôme, qui parcourut la pièce en retenant ceux qui s'enfuyaient.

– Chloé, au secours ! hurla Olivia, qui sauta quasiment dans les bras de sa jumelle.

– Un revenant ! s'époumona Jack, qui plongea derrière le canapé d'osier. Il est terrifiant !

Le petit fantôme le poursuivit, mais le drap se retrouva coincé à un montant du canapé et dévoila un Thomas aux joues rougies, qui les regardait d'un air radieux. Jack trébucha derrière lui, la main sur le cœur.

– Tu nous as fait une de ces peurs ! s'écria Callum.

Thomas n'en pouvait plus de joie et improvisa une petite danse de victoire.

– Je vous ai bien eus ! cria-t-il.

– Ah, ça, oui.

Amy s'assit sur les coussins, essoufflée. Elle échangea un clin d'œil complice avec Callum et fit signe à Tanya de la rejoindre. Quand sa demi-sœur s'assit à son côté, elle murmura :

– Joli boulot de grande sœur. Il n'a plus peur du tout.

– En fait, ça avait marché pour moi, lui expliqua Tanya. J'étais terrorisée à la période d'Halloween, je m'enfuyais en courant quand les enfants déguisés venaient demander des bonbons à la porte. Du coup, une fois, mon père m'a déguisée en monstre et m'a emmenée effrayer les gens à mon tour. Je me suis éclatée, ce soir-là, et je n'ai plus rien eu contre Halloween.

– J'imagine.

– Ce n'était pas longtemps avant qu'il meure, ajouta Tanya, la voix plus nostalgique.

Amy lui tapota le bras avec compassion.

– En tout cas, bravo. Allez, on va aider Oscar et Tom à mettre le drap en place ?

Cela prit plus de temps qu'ils n'auraient cru d'installer le lourd drap de lin dans la salle de bal. Il leur fallut un nombre incalculable d'épingles pour le faire pendre bien droit contre le mur, et ils durent rajuster l'angle plusieurs fois, mais au bout d'un long moment, Jack recula et tourna la tête dans un sens, puis dans l'autre.

– C'est parfait ! annonça-t-il. Callum, tu pourras installer le projecteur demain ?

– Oui ! approuva l'intéressé, qui détendit les épaules et recula à son tour. Ça donne très bien, mais il commence déjà à faire nuit. On devrait en rester là.

Amy ne s'en était pas rendu compte, mais les garçons avaient raison : l'obscurité était tombée pendant leurs préparatifs. Elle sortit de la salle de bal avec les autres et se dirigeait vers la porte d'entrée quand elle s'arrêta. Dans un coin d'ombre du hall, elle distingua un objet posé contre le mur.

Elle regarda de plus près : c'était le skateboard de Lucas. Pourtant, il n'y avait pas trace de son propriétaire. Étrange, car il ne le quittait plus. Peut-être l'avait-il laissé là exprès pour le reprendre le lendemain. Ou alors, il l'avait simplement oublié. S'il consentait à se montrer, il le récupérerait au matin.

Amy haussa les épaules et ferma la grande porte d'entrée derrière elle. En prenant la clé du portail dans la cachette habituelle, un vieux pot de fleurs, elle remarqua une lueur jaune et regarda la façade de l'hôtel. Une lumière était restée allumée au deuxième étage. Mince, Lucas était encore sur les lieux, en fin de compte.

Que pouvait-il bien fabriquer là ? Elle n'en avait aucune idée, et après cette journée bien remplie, elle se surprit à bâiller. Elle ferma le portail derrière elle et remit la clé dans son pot en passant la main entre les barreaux.

Elle verrait Lucas demain. Et s'il consentait à lui avouer ce qu'il complotait, tant mieux.

« Mais vu son humeur du moment, je n'irai pas lui demander ! »

6

Amy ouvrit doucement les yeux dans la lumière du matin qui filtrait par les rideaux. Pourtant, le soleil d'automne n'était pas le seul à l'avoir réveillée… De délicieux effluves lui chatouillaient les narines et bien qu'encore à moitié endormie, elle sentit un sourire éclore sur ses lèvres. « Miam, des pancakes. Et du sirop d'érable, on dirait… »

Elle s'étira et s'offrit quelques instants de plus à profiter de la douceur des draps de coton. Cette chambre mansardée était bien différente de la sienne à Londres. Pas de posters de ses musiciens préférés ni de stars de football, pas de blason aux couleurs de son équipe. Cependant, elle se trouvait désormais bien dans les décors de bleuets assortis aux motifs de la couette. Sous la fenêtre se trouvait un bureau, et à côté une petite bibliothèque chargée de livres de poche. Amy s'extirpa du lit et ouvrit les rideaux. Elle cligna des yeux face à la clarté du jour. Les champs s'étendaient jusqu'à un bouquet d'arbres, qui se détachait dans le ciel bleu sur une petite butte. Elle entendit des freux croasser dans le bosquet. « Non, rien à voir avec Londres, mais j'aime bien les deux. » Quand elle était arrivée à Foxwood avec Thomas en début d'été, elle aurait été loin d'imaginer comment évolueraient ses sentiments à propos d'Apple Cottage et de ses nouveaux amis. Elle sourit en entendant de petits coups sur la porte.

« Sans oublier ma nouvelle demi-sœur, bien sûr. » Tanya fit son entrée, encore en pyjama.

— J'ai pensé à un truc ! annonça-t-elle en s'asseyant sur le lit d'Amy.

— Houlà, quand même ! Attention, tu vas te faire mal au cerveau !

Tanya lui envoya un oreiller, puis Amy reprit :

— Bon, d'accord, vas-y.

— Les films de Monk sont muets, on est d'accord ? Ça veut dire qu'il nous faut de la musique. C'est ce qu'ils faisaient dans les années 1920.

— Ah, pas bête, dit Amy en s'accoudant au bureau. C'était accompagné par du piano, non ? Ah, mais attends, Eva nous parlait justement d'un examen de piano ?

— C'est ce que je me disais, s'enthousiasma Tanya, rayonnante. On pourrait la faire jouer pendant le film.

– Super idée, conclut Amy en attrapant ses habits. On n'aura qu'à aller la voir après le petit déjeuner.

– Le plus tôt sera le mieux, approuva Tanya, qui lui lança un clin d'œil. Sauf quand « le plus tôt », ça veut dire l'heure des pancakes. On n'est pas pressées au point de faire l'impasse dessus !

Une fois qu'elles se furent arrachées à un long petit déjeuner, Amy ne fut pas fâchée de devoir marcher jusqu'à chez Eva.

– Hou, j'ai trop mangé. Les pancakes de Pat sont divins.

– C'est vrai. Elle devrait peut-être ouvrir une boutique comme Lottie, et l'appeler « Aux pancakes parfaits de Pat », proposa Tanya en se tapotant le ventre. Ah, tu entends la musique ?

– Eva est au piano. C'est entraînant, non ? Ce serait parfait pour le film.

Elles s'arrêtèrent un instant sur le trottoir pour écouter par la fenêtre ouverte les notes enlevées qui se succédaient à un rythme trépidant.

– C'est clair ! Allez, on entre lui demander.

Quand Amy sonna à la porte, la musique ne cessa pas ; ce fut la mère d'Eva qui vint leur ouvrir, vêtue d'un gros pull mauve et d'un jean. Elle était encore un peu émaciée, mais ne portait plus de foulard sur la tête. De courts cheveux frisés lui couvraient le crâne, et ses sourcils avaient repoussé. Elle avait l'air en bien meilleure santé que la dernière fois qu'Amy l'avait vue. Son teint était rose et non cireux, et en apercevant les filles sur le perron elle leur sourit, ravie.

— Amy, Tanya. Je suis bien contente de vous voir.

— Nous aussi, madame Marchmont. Vous avez l'air en super forme !

Tanya rougit un peu, mais la mère d'Eva sembla apprécier le compliment.

— Merci. Je me sens mieux, croyez-moi ! Les filles sont dans le bureau.

« Les filles ? » s'interrogea Amy.

Mme Marchmont s'écarta pour faire entrer Amy et Tanya dans le couloir.

— Là, sur la gauche, indiqua-t-elle.

En effet, quand Amy suivit Tanya dans la pièce ensoleillée à la température agréable, elle vit qu'Eva n'était pas seule : Katy était à côté d'elle sur le tabouret de piano et elles jouaient à quatre mains. Interdite, Amy s'arrêta.

— Eva, ma chérie, tes amies sont ici, annonça Mme Marchmont derrière elles.

Eva s'interrompit dans le morceau pour regarder, alors que Katy jouait quelques notes de plus.

— Tiens, salut ! Ça marche bien, à l'hôtel ?

— Bonjour Eva. Ça se passe très bien, mais on a un problème, expliqua Amy. Enfin, pas tant un problème que...

— Une occasion sans précédent ! intervint Tanya, débordante d'enthousiasme. On aurait besoin de musique pour accompagner les films muets de Monk.

— Du piano, ajouta Amy. Ce serait super, Eva ! Qu'est-ce que tu en penses ?

Katy se tourna sur le tabouret et Eva se mordit la lèvre, hésitante. Amy trouva une expression étrange à Katy, qui ne semblait pas du tout contente de les voir.

— Jouer du piano pendant les films ?

Eva sourit un peu, mais sans croiser le regard d'Amy, et se mit à se regarder les ongles.

— Je vais y réfléchir, finit-elle par concéder. C'est une bonne idée, hein, et ça me plairait, mais... j'ai beaucoup à faire en ce moment. Je ne suis pas sûre d'avoir le temps.

Déconfite, Amy lança un regard plein d'espoir à Katy.

— Je ne savais pas que tu jouais aussi du piano...

Raide sur son tabouret, Katy s'agita un peu.

— Oui, mais je ne pourrai pas non plus. Mes parents me donnent toujours plein de trucs à faire pendant le festival.

Elle conclut par un haussement d'épaules qui fermait la discussion.

– Oh, dommage, fit Tanya, toute dépitée. On trouvait que c'était une super idée.

Eva baissa les yeux.

– Désolée, les filles.

– Bon...

Amy hésita, puis se décida.

– Il faut qu'on aille à l'hôtel, Tanya. On se voit plus tard, les filles.

« Depuis quand Katy est-elle super-copine avec Eva ? Et pourquoi est-elle aussi renfrognée, d'abord ? » Amy et Tanya fermèrent le portail et reprirent la route vers le Summertime. Songeuse, Amy dit :

– Je comprends qu'Eva soit occupée, mais Katy n'avait pas l'air ravie de nous voir, tu ne trouves pas ? Tu crois que c'est à cause de la blague ?

– Thomas s'en est vite remis, lui rappela Tanya.

– Grâce à toi.

– En tout cas, tu as raison, Katy a un comportement un peu bizarre.

– C'est vraiment dommage qu'on n'ait pas de pianiste, soupira Amy. Je trouvais que tu avais eu une idée de génie.

– Tant pis, soupira Tanya en tournant dans la ruelle de l'hôtel. Allons voir si Callum a avancé avec le projecteur.

Visiblement, c'était le cas. Lorsque les deux filles entrèrent dans la salle de bal une demi-heure plus tard, il exultait.

– Regardez un peu ! leur cria-t-il de loin, en levant une petite boîte noire. Je suis passé le chercher ce matin !

Aussitôt, Amy cessa de broyer du noir. Callum avait souvent cet effet, d'ailleurs, se dit-elle avec gratitude.

– Montre !

Avec Tanya, elle le regarda placer en douceur l'objet sur une table de fer forgé. Il fit le branchement et une petite lumière rouge se mit à clignoter à l'arrière. Le projecteur était vraiment compact, comme un lecteur de DVD un peu épais.

– Bon, au moins, ce n'est pas un de ces vieux trucs énormes, avec de grandes roues en haut, comme les oreilles de Mickey, commenta Tanya.

– Ça remonte à un bail, ces modèles-là. Les films sont peut-être anciens, mais il faut les lire sur DVD, répondit Callum en riant. Regarde, voilà les ports pour relier l'ordinateur. J'utilise celui d'Oscar pour le moment. Il est plutôt fiable, donc on pourrait le prendre pour le jour J aussi. Là, c'est pour changer la focalisation.

– Et alors, tu peux le faire marcher ? demanda Amy. Cette loupiote rouge est prometteuse.

À son soulagement, Callum répondit :

– Je pense. J'ai entendu que ça ballottait à l'intérieur quand je l'ai soulevé, mais ça ne doit pas être une pièce cruciale. Attention, c'est parti...

Callum appuya sur un bouton, ce qui afficha un rectangle lumineux sur le drap blanc accroché au mur. Le rectangle clignota et s'éteignit, puis se ralluma.

– Ça va marcher, conclut-il. Juste un faux contact. Tanya devrait nous régler ça en moins de deux.

Flattée, Tanya se pencha sur le projecteur pour évaluer le travail.

– Ce serait dommage que ça gâche la soirée qu'on a prévue.

– Tu es aussi douée pour réparer les appareils que pour prendre des photos, dit Callum, qui glissa un DVD dans l'ordinateur et attendit que le film s'affiche. Faisons au moins un essai.

– Je pense que la mise au point n'est pas tout à fait bonne, dit Tanya en penchant la tête, tandis que le menu s'affichait à l'écran du portable. Mais ça, ça ne sera pas compliqué à régler...

Pendant que ses deux amis s'occupaient du projecteur, Amy leva les yeux au plafond. N'était-ce pas un coup sourd, là-haut ?

– Vous n'entendez rien, à l'étage ?

— Non, quoi ? Ah, Tanya, regarde, il y a cet élément sur le côté, qui peut se détacher. Il va nous falloir un tournevis plus petit, par contre...

Tous deux étaient complètement happés par la mission qu'ils s'étaient donnée.

— Je peux faire quelque chose ? demanda Amy.

— Non, c'est bon, répondit Callum d'un ton absent. Tu vois, Tanya, c'est cette vis...

Amy hésita, puis haussa les épaules. « Je vais les laisser à leurs occupations. » Essayant de se défaire de son sentiment d'être complètement inutile, elle partit enquêter de son côté. Elle avait peut-être simplement entendu des souris, mais cela lui donnait l'impression d'agir.

Elle avait gravi la moitié de l'imposant escalier quand elle entendit à nouveau un bruit ; pas tout à fait similaire, mais en provenance du même endroit. Un grincement, puis encore un coup.

« C'est vrai que l'hôtel Summertime a sa voix à lui », pensa Amy. Elle était habituée à des craquements du bois, à des tuyaux qui s'entrechoquaient, voire au bruissement discret des ailes de chauves-souris à l'intérieur des murs, ou à ces sons qui donnent l'impression qu'une vieille maison soupire pour elle-même. Ces bruits-là, pourtant, n'étaient pas familiers. Amy fronça les sourcils en arrivant sur le palier du premier étage.

S'introduire en essayant de rester discrète : cela lui rappela la première fois qu'elle et Callum avaient exploré l'immensité de l'hôtel, qui leur avait semblé très impressionnante sur le moment ; ils n'en menaient pas large à chaque nouveau détour de couloir et chaque ombre au coin de leur champ de vision. Maintenant, le bâtiment était clair et accueillant. Les escaliers qui s'enchaînaient et les couloirs interminables ne semblaient plus aussi labyrinthiques et paraissaient engageants, et non sinistres. Pourtant, Amy retint son souffle en empruntant à pas de loup le couloir moquetté, qui n'était plus imprégné de poussière. Peut-être le Summertime recelait-il encore quelques secrets ?

Au deuxième étage, elle s'arrêta sur le palier ; les bruits étaient maintenant plus distincts. Un froissement, encore un choc, et... On aurait dit des pas étouffés. Clairement, quelqu'un se trouvait dans la troisième chambre sur la droite.

« Mais qui parmi les enfants du village serait là de bon matin ? En essayant d'être discret, en plus ? À cette heure-ci, il n'y a jamais personne. Et de toute façon, ceux qui arrivent passent à la salle de bal ou au salon pour dire bonjour. »

Amy posa en silence la main sur la poignée de laiton de la chambre 234. Celle-ci tourna sans difficulté, émettant à peine un petit cliquètement, et elle ouvrit grand sans savoir à quoi s'attendre.

Dans l'obscurité, un grand garçon blond enfilait ses tennis. L'espace d'une seconde, une expression coupable se peignit sur son visage et il se releva d'un bond.

– Lucas !

Il cligna des yeux et se passa les doigts dans des cheveux encore emmêlés.

– Quoi ? Qu'est-ce que tu fais là ? demanda-t-il d'un ton un peu agressif.

– Je pourrais te retourner la question.

Amy regarda le duvet gris ouvert sur le lit à baldaquin, puis les vêtements de Lucas, laissés sur une chaise d'acajou et à même le sol. Les lourds rideaux étaient tirés, et seul un rai de la lumière d'automne jouait sur la moquette. Lucas les ouvrit d'un geste sec, et le jour envahit la pièce.

– Lucas, tu as dormi ici cette nuit ?

– Mais non. Je...

Lucas hésita et sembla comprendre que ses dénégations ne risqueraient pas de la convaincre.

– Bon, oui. Ça pose problème ?

– Euh, non, mais...

– Je vois pas en quoi ça te regarde, d'abord.

– Oh, Lucas, franchement ! explosa Amy. Si tu ne dors pas chez toi, c'est quand même qu'il y a quelque chose qui cloche !

Il haussa les épaules et se mordilla la lèvre, puis prit une inspiration et se voûta un peu.

– J'en ai eu marre qu'on me dise quoi faire à la maison. Ici, je peux faire ce qui me plaît.

– Sérieux ?

Amy esquissa un sourire incrédule qui se transforma en une grimace perplexe. Lucas disposait de plus de liberté qu'aucun autre jeune du village. Autant qu'elle sache, il pouvait faire exactement ce qui lui chantait à toute heure du jour ou de la nuit. Ses parents, certes arrogants et prétentieux, n'étaient pas des bourreaux.

– Comment ça, on te dit quoi faire ? Ah, c'est vrai ! Tes parents n'ont pas voulu que tu viennes à l'ouverture du festival ?

Il la regarda d'un air méprisant.

– Tu rigoles ? Je ne voulais pas y aller, à ce truc. Tu crois quand même pas que je vais m'intéresser à deux guignols qui blablatent à propos de vieux films pourris.

– Alors, quoi ? Tu peux faire tout ce que tu veux, non ?

– Il y a d'autres trucs, marmonna-t-il d'un ton las.

Amy plissa le front. Vraiment, Lucas pouvait se montrer insupportable, mais dormir au Summertime était son exploit le plus étrange à ce jour.

Un autre souvenir revint à Amy.

– Ah, c'est le pensionnat ? Tu t'es disputé avec tes parents parce que tu ne veux pas y aller, peut-être ?

Lucas prit un sweat-shirt à capuche d'un geste vif.

– C'est bon, tu te remets à délirer. Bien sûr que je veux aller à Haddon Hall. Qui ne voudrait pas décarrer de Foxwood ?

Amy secoua la tête avec impuissance. À l'évidence, ce n'était pas anodin, mais tout retourné qu'il fût, Lucas refusait de se confier à elle, et elle ne pouvait le forcer à le faire. Après un soupir, elle proposa :

– Tu veux venir nous aider ? On essaie de régler le projecteur en bas.

Lucas roula son sac de couchage sans ménagement pour en faire un petit paquet.

– Il y a environ dix millions de trucs que je préférerais faire.

– OK !

Perdant patience, Amy tourna les talons. Au moment où elle s'apprêtait à refermer la porte, il la rappela doucement.

– Amy ?

– Quoi ? demanda-t-elle en croisant les bras.

Soudain plus très sûr de lui, Lucas rougit.

– Hmm... en fait... Tu peux ne dire à personne que je suis ici ?

– Je n'allais pas te dénoncer, tu sais.

– Oui, mais, bon... Garde-le pour toi. Pour le moment. Tu veux bien ?

Elle étudia son visage, puis hocha la tête.

– D'accord. Je te l'ai déjà dit.

– Merci, marmonna-t-il avant de se détourner.

Amy ferma la porte et resta un instant clouée sur place avant de redescendre vers la salle de bal. Franchement, c'était bizarre.

Il avait fallu que Lucas prenne sur lui pour lui demander son silence, c'était certain. Il était en général trop fier pour reconnaître qu'il avait besoin de quelque chose ou de quelqu'un. Amy ne savait pas ce qui n'allait pas, mais elle tiendrait sa promesse pour le moment. En espérant que dans l'intervalle, il trouve le courage de lui expliquer ce qui se passait...

7

Au retour d'Amy dans la salle de bal, Callum et Tanya étaient toujours penchés sur le projecteur, qu'ils remontaient délicatement à l'aide d'un tournevis cruciforme.

– Ce n'étaient que les tuyaux qui faisaient du bruit, mentit Amy.

Mais ses amis avaient visiblement tout oublié des sons mystérieux ; en fait, ils l'entendirent à peine. Elle eut tout juste le temps de parler que Callum poussa un cri de victoire. Le projecteur était revenu à la vie et un rectangle lumineux tremblotait sur le drap blanc.

– Ça marche ! s'exclama-t-il, ravi.

Tanya reposa le tournevis et s'essuya les mains, satisfaite.

– Vas-y, lance un DVD, proposa-t-elle.

Callum fouilla dans un sac en plastique, dont il sortit plusieurs boîtiers. Il inséra un disque dans le lecteur et ils regardèrent tous le drap avec espoir.

Bientôt, un menu flou apparut : les lettres formées à l'ancienne se détachaient sur un carré noir bordé d'arabesques blanches.

– Cool ! s'écria Tanya. Oh, c'est mignon ! En numérisant le film, ils ont créé un menu de DVD sur le modèle des intertitres.

– Intertitres ? l'interrogea Amy, d'abord impressionnée par la science de Tanya, puis souriante. Tu as encore fait des recherches sur Internet, c'est ça ?

– Oui ! Ce sont les cartons intercalés entre les images dans les films muets pour montrer les dialogues, expliqua Tanya, qui se retourna vers Callum. Par contre, c'est flou. Il va falloir qu'on rajuste la molette de focalisation.

Comment Tanya avait-elle pu avoir honte de sa dyslexie ? Elle était douée en tellement d'autres choses que la lecture...

– Ça ne devrait pas être un problème, pour deux génies comme vous, commenta Amy en souriant.

– Ouais, voilà.

Mais Callum ne lui prêtait pas vraiment attention. Il était déjà occupé à éteindre le projecteur, puis à dévisser une lentille avec précaution.

– Regarde, Tanya. Cette partie est impeccable, c'est juste un faux contact derrière. Dès qu'on aura réparé ça, il faudra qu'on trouve comment changer les proportions de l'écran. Pour les films de Monk, le 16/9e ne conviendrait pas du tout.

– Et une fois qu'on aura modifié ça, c'est la lentille qui ne conviendra plus, ajouta Tanya, qui se remit à consulter Internet sur son téléphone. Il suffira peut-être de régler le diaphragme, mais il faudra faire attention. Pas question de saboter la lumière, sinon on ne rendra pas justice au clair-obscur.

Le sourire d'Amy s'effaça et elle les regarda en dansant d'un pied sur l'autre. Pour la première fois, elle savait ce que c'était d'être mise à l'écart d'un groupe. Elle n'y connaissait rien en lentilles ni en proportions d'écran. Ni même en tournevis, si on allait par là. « C'est comme être laissé sur le banc de touche pendant un grand match », pensa-t-elle.

Cela lui rappela son projet. Elle sortit son téléphone à son tour et choisit l'icône des messages. Pourquoi ne pas organiser un petit tournoi cet après-midi ? Elle envoya un SMS rapide à Olivia. Dans ce domaine, au moins, elle avait des compétences.

Enfin, à son soulagement, Callum et Tanya en terminèrent avec leurs ajustements techniques et à l'heure du déjeuner, elle partit pour Apple Cottage avec sa demi-sœur. Pat leur avait demandé de prendre des provisions, aussi firent-elles un détour par le magasin situé en face du parc, et rentrèrent par la route qui longeait les anciens terrains de sport.

– Tu entends un peu, fit Tanya d'un air dégoûté. Le calme de la campagne, tu parles !

Le vacarme assourdissant des marteaux-piqueurs se mêlait au vrombissement des bétonnières, couvrant les chants d'oiseaux et le frémissement des feuilles. Les deux filles s'arrêtèrent pour regarder les ouvriers derrière le cordon de sécurité.

– C'est trop triste, fit Amy. Quand on pense à tous les matchs de foot qui se sont joués ici... et à toutes les parties qui ne s'y disputeront pas !

Entre les deux grandes fosses de fondations se tenait un homme en gilet à bandes réfléchissantes sur une étroite sente de terre. Il montrait des plans à trois ouvriers et leur donnait des instructions. Soudain, il leva la tête et leur lança un regard perçant, puis roula les grandes feuilles et se dirigea vers elles au pas de charge sur le sol inégal. Malgré son casque de chantier jaune, Amy le reconnut tout de suite à son teint rougeaud et à son regard hostile.

« Génial. Notre super-pote M. Richards... »

– Vous deux, là ! aboya-t-il.

Amy déglutit et se força à lui rendre son regard. Elle savait qu'il la détestait, et c'était réciproque. Elle se prépara à une attaque.

« Je sais ce que tu as fait, pensa-t-elle. Tu as fait brûler le Buttercup Café, alors que Lottie dormait au-dessus. Tu as risqué sa vie, juste pour pouvoir acheter l'hôtel Summertime et le démolir. Et tu crois que personne ne le sait... »

Un de ces jours, elle ferait payer à M. Richards ce qu'il avait fait. « Tu auras ce que tu mérites. » Malheureusement, ce ne serait pas pour aujourd'hui. Il arriva face à elle, les dévisageant avec mépris.

– Lucas est toujours chez vous ?

Amy en resta bouche bée. Elle s'attendait à bien des choses de sa part, mais pas à ça. Il avait le visage tendu et les joues particulièrement rouges. Sous ses dehors agressifs se cachait peut-être une réelle inquiétude. Ainsi, Lucas n'avait pas dit à son père où il avait passé la nuit ?

Avant que Tanya puisse répondre, Amy se lança :

– Oui, il est encore à Apple Cottage.

– Bon, fit-il avant de se racler la gorge d'un air désapprobateur. D'accord. Eh bien, vous lui direz de ma part qu'il doit charger son téléphone. Sa mère essaie de l'appeler depuis ce matin.

– Ah, très bien, dit Amy en détournant le regard.

Tanya la regardait avec l'air de se demander quelle mouche l'avait piquée, mais par chance

M. Richards ne s'intéressait pas assez à elle pour le remarquer.

– Quel intérêt à ce que je lui paye un portable dernier cri s'il le laisse se décharger ? Vous lui direz.

– On lui transmettra votre message, répondit Amy avec de grands hochements de tête. C'est un très beau téléphone.

« Arrête ! s'ordonna-t-elle en son for intérieur. Ne parle pas à tort et à travers ! »

– Il vaudrait mieux, au prix qu'il m'a coûté.

M. Richards se retourna sans un mot et repartit vers les ouvriers.

Tanya souffla un bon coup.

– C'est quoi, cette histoire ? Tu couvres Lucas, maintenant ?

– Ben, en fait...

Amy reprit la route vers Apple Cottage, laissant Tanya la rattraper avant de poursuivre :

– Lucas et ses parents ne s'entendent pas très bien, en ce moment. S'il a dit qu'il était chez nous, je ne veux pas lui causer de problèmes.

– Tss, rien d'étonnant, fit Tanya. Lucas est insupportable, ces vacances. Autant qu'aux dernières, c'est dire.

– Ses parents ne doivent pas être faciles à vivre non plus, suggéra Amy.

– C'est sûr. Il est sans doute allé se réfugier chez des amis que ses parents désapprouvent.

« C'est très près de la vérité... »

– S'il a effectivement des amis, ajouta Tanya. Ce serait la plus grosse surprise dans l'affaire.

Elles arrivaient au portail d'Apple Cottage. Amy garda le silence. Elle comprenait que Tanya n'éprouve aucune compassion pour Lucas : jusqu'à récemment, il se moquait de sa dyslexie et se vantait de l'importance de sa famille dans le village.

Pourtant, Amy ne pouvait s'empêcher de comprendre le garçon. Cela ne pouvait pas être drôle d'avoir un père comme M. Richards. Et la dernière fois qu'elle avait vu sa mère, celle-ci fonçait dans les petites rues comme si elle était seule au monde, et avait failli écraser Eva. Elle ne paraissait pas plus sympathique que son mari.

Amy ne savait pas ce que mijotait Lucas, mais elle avait promis de garder son secret, qu'il le mérite ou non. Pour l'instant, elle s'en tiendrait là.

– A-my ! A-my !

Poussée par les chants des supporters sur les côtés, Amy évita Oscar, dribbla en douceur pour contourner Jack, qui était gardien, et tira entre les poteaux de buts improvisés. Un grondement approbateur monta chez ses amis, et elle récupéra la balle qui avait rebondi contre le mur pour la ramener au centre avec un sourire triomphant.

– Quatre-deux pour nous, les gars ! les provoqua-t-elle après avoir tapé dans la main de Chloé. Il va falloir vous ressaisir, et vite !

Jack se frotta les mains et gronda :

– Attends un peu, Amy Gordon. Les challengers vont remonter. Il y a deux mi-temps, tu sais !

– Dans tes rêves, lança Olivia, qui détourna la remise en jeu d'Oscar et évita avec élégance le tacle de Lucas.

Amy sourit. Elle était bien contente que Lucas participe, même s'il avait un jeu un peu agressif. Elle partit à la rencontre d'Oscar, qui avait intercepté la passe d'Olivia. Elle se sentait bien dans ce match à cinq contre cinq. C'était exactement ce genre de choses qu'elle avait anticipé en retournant à Foxwood. Tanya et Callum avaient un peu renâclé quand il s'était agi de déplacer le projecteur à la bibliothèque pour libérer la salle, mais maintenant, ils étaient dans le public et applaudissaient avec les autres.

D'un pied agile, elle chipa la balle à Oscar, ignorant son plongeon maladroit et ses protestations.

– Faute ! cria-t-il.

– Bien essayé, lui dit-elle en riant.

Elle feinta à droite, puis envoya le ballon sur la gauche de Jack, qui ne parvint pas à le rattraper.

– Cinq à deux ! s'écria Chloé.

Les supporters des filles les acclamèrent.

– C'est fini. Aux équipes suivantes !

Les deux équipes suivantes prenaient déjà place sur le « terrain » de la salle de bal. S'essuyant le front, Amy sautilla avec allégresse pour rejoindre Tanya et Callum, qui parlaient avec entrain. Mais quand elle entendit qu'ils échangeaient à propos des formats, elle se rembrunit. Encore des histoires de projecteur. Elle n'allait pas pouvoir participer.

– Tu vois ? dit Tanya en levant son téléphone. Voilà les dimensions qu'il nous faut.

On grogna derrière Amy, et elle se retourna pour voir Lucas. La transpiration avait hérissé ses cheveux sur le devant et il les raplatit en prenant un Coca sur la table des boissons.

– Vous n'êtes pas encore à parler de ce festival débile, quand même ? railla-t-il.

Malgré sa propre irritation, Amy se mit aussitôt sur la défensive.

– C'est sympa. Si tu nous aidais aussi, tu te rendrais compte que ce n'est pas forcément débile.

– Tu rigoles ? fit-il en prenant une gorgée de Coca. Pour devenir aussi chiant que ces deux-là ? Ce marathon de films, c'est l'idée la plus nulle que j'aie jamais entendue. Pourquoi je voudrais vous aider ?

– Ah, tant mieux, lui renvoya Callum. Si je comprends bien, ça veut dire que tu ne seras pas là. Ça nous fera des vacances.

– T'as bien raison, appuya Tanya avec un regard haineux pour Lucas. C'est pas comme si on te suppliait pour que tu viennes.

– M'en fiche, répondit Lucas d'un ton endormi. Je trouverai des trucs plus intéressants à faire. Genre, regarder pousser mes ongles de pied.

Il leur tourna le dos et s'éloigna d'un pas pesant.

Sous le regard interloqué de ses amis, Amy lui courut après.

– Lucas !

– Quoi ? marmonna-t-il par-dessus son épaule.

Elle maintint son allure pour rester à sa hauteur, car il continuait de gravir les marches.

– Dis, il faudrait que tu appelles ta mère. J'ai vu ton père aujourd'hui, et elle s'inquiète. D'après, lui, si tu restes à « Apple Cottage », dit-elle avec un regard entendu, il faudrait que tu gardes ton téléphone chargé.

Lucas s'interrompit, le pied sur la dernière marche.

– Ah. D'accord.

Il lui envoya un rapide sourire.

– Merci de ne pas m'avoir vendu.

— Je t'avais promis, non ? répondit Amy, qui tenta de profiter de ce changement soudain d'attitude. Écoute, Lucas, si tu venais voir les films, samedi prochain ? Franchement, on va rigoler.

Amy était la première surprise de persister autant, mais il y avait quelque chose dans l'expression de Lucas. Sous sa morgue habituelle, il dissimulait une réelle détresse. Il réfléchit une seconde, puis fit un signe négatif de la tête.

— Non. Je veux dire, merci de m'avoir proposé. C'est sympa de ta part, Amy.

Il rougit légèrement et marmonna :

— J'espère que ça se passera bien.

Amy prit une inspiration et pencha un peu la tête.

— Tu es sûr que tu ne veux pas me dire ce qui ne va pas ?

Lucas plissa les yeux et son expression habituelle revint habiter son visage.

— Je suis sûr.

Sans ajouter un mot, il se détourna pour se diriger vers sa chambre provisoire.

Amy le regarda partir, hésitant sur ce qu'elle allait faire ensuite.

— Qu'est-ce qui te prend ?

Tanya l'avait suivie et se tenait juste derrière elle. La voix agressive, elle poursuivit :

– C'est le gars le plus impoli de la planète, et tu t'apitoies sur son pauvre petit sort ?

– Mais, Tanya, je... Laisse tomber.

Amy descendit les marches à la hâte et trouva Callum en bas.

– Tiens, coucou.

– Qu'est-ce que vous faisiez, toutes les deux ? s'étonna-t-il.

Amy n'eut pas le temps de répondre. Tanya n'avait pas l'intention de rendre les armes, et enchaîna :

– Tout à l'heure aussi, tu as défendu Lucas, pour lui éviter d'avoir des ennuis avec son vilain papa. Tu es devenue sa meilleure copine, ou quoi ?

– Pas du tout, répondit aussitôt Amy.

La dernière chose qu'elle voulait, c'était se disputer avec Tanya, et au sujet de Lucas, encore !

– Il a juste l'air... malheureux, c'est tout, compléta-t-elle.

Callum donna un petit coup de coude à Tanya et sourit à Amy.

– Je ne dis pas que tu fais mal d'essayer, Amy. Mais tu as déjà fait du mieux que tu pouvais cet été, souviens-toi ! Et regarde le résultat : Lucas en est revenu à son point de départ. Je sais que tu essaies d'être gentille avec lui, mais vu son caractère, il ne risque pas de te remercier de tes efforts.

« Callum a sans doute raison. Lucas ne me remercierait pas d'avoir pitié de lui. » En fait, il était probable qu'il dirait à Amy où elle pouvait mettre ses inquiétudes.

N'empêche. Elle n'en restait pas moins préoccupée.

8

– Hé ! Tanya ! Amy ! appela Callum, qui courut rejoindre les filles dans la ruelle de l'hôtel Summertime le lendemain matin.

Le soleil se cachait derrière un épais rideau de nuages gris. Il n'avait pas encore plu, mais l'atmosphère lourde ne trompait pas : un orage menaçait. Les feuilles mortes collaient au sol et il n'y avait aucun plaisir à taper dedans aujourd'hui.

– Ça va, Callum ? demanda Amy.

– Vous avez regardé Troc en stock, ce matin ? demanda-t-il, un peu essoufflé.

– Non, pourquoi ? répondit Tanya.

– Ça avance vraiment sur le front des décorations. Une prof de théâtre retraitée qui habite en ville nous propose un gros chaudron qu'elle a gardé de représentations de *Macbeth*. Si on désherbe une dernière fois son jardin avant l'hiver, il est à nous.

– Trop bien, souffla Tanya.

— Et mieux encore : elle a parlé de l'échange à un prof de biologie, et il a un squelette grandeur nature dont il ne sait pas quoi faire. Il veut bien nous le donner si on reclasse tous les livres de sa bibliothèque par ordre alphabétique.

— Super ! dit Tanya, les yeux brillants. Un squelette, ça rendra hyper-bien ! On pourrait le suspendre dans le hall d'entrée ?

— Bonne idée.

Amy sortit son téléphone qui vibrait dans sa poche.

— Tiens, c'est Eva. Elle ne pourra pas venir. Elle va en ville faire des courses avec sa mère et sa tante Marie, mais elle dit que Katy arrive.

Amy n'était pas sûre qu'ils allaient gagner au change.

— Eva est tout le temps occupée, en ce moment, soupira Tanya en récupérant la clé dans le pot de fleurs.

Elle ouvrit la grille de l'hôtel. Des gouttes de pluie commençaient à tomber quand ils passèrent sous la rangée de hêtres pourpres.

— Elle pourrait peut-être juste jouer un petit morceau avant le début des films ? Ça serait mieux que rien.

— Le truc, objecta Amy, c'est qu'effectivement, elle a un planning surchargé. Et elle a besoin de souffler, après la maladie de sa mère. On devrait sans doute la laisser tranquille, ce n'était pas très malin de lui demander.

– Tu n'as pas tort, reconnut Callum en montant les marches du perron. Mais je pense qu'il faudrait réfléchir à une solution de remplacement pour avoir de la musique.

– Les DVD n'ont pas de bande-son ?

– Si, mais la qualité de son du projecteur n'est pas suffisante pour une pièce aussi grande. Il faudrait vraiment tendre l'oreille, et encore... À moins de trouver de bons haut-parleurs. Et même, du piano en direct, ce serait dix fois mieux. On n'a qu'à monter à la bibliothèque et faire un brainstorming.

– Tu parles, tu veux juste revoir ton nouveau jouet, plaisanta Tanya.

– Je vois vraiment pas ce que tu veux dire, protesta Callum d'un ton innocent.

Ils éclatèrent de rire et montèrent les marches deux à deux.

« Ça recommence », se dit Amy, mal à l'aise. Vivement que toutes ces histoires de projecteur soient réglées.

Elle suivait Callum, et entendit son exclamation horrifiée quand il entra le premier dans la pièce.

– Qu'est-ce que c'est ? demanda-t-elle.

Sous le choc, Callum resta muet, debout au milieu de la bibliothèque. Il regardait par terre. Amy l'imita et Tanya poussa un cri de dépit qu'elle étouffa de la main.

Le projecteur était en pièces. Il n'avait pas été simplement démonté, mais détruit. Le boîtier noir était en miettes et le fragile mécanisme intérieur répandu autour. La lentille et la lanterne n'étaient qu'un tas de verre cassé.

Callum s'accroupit et ramassa un circuit électrique tordu avec ses câbles qui pendaient. Il passa un doigt dessus, puis le rejeta à terre.

– Qu'est-ce qui s'est passé ?

Amy était écœurée. Certes, elle en avait eu assez de toutes les conversations techniques, mais à voir les visages de ses amis maintenant, elle se sentait très mal.

– Il a été détruit ! s'écria Tanya. Comment diable... ?

– Impossible à réparer, ajouta Callum d'une voix rauque.

Amy s'accroupit à côté de lui et lui posa une main sur l'épaule. Tanya marcha avec précaution parmi les décombres, puis se releva, les poings serrés.

– Ce n'est pas un accident. Il n'est pas tombé comme ça !

– Non, appuya Callum. C'est quelqu'un qui a fait ça exprès.

Il se releva lentement et désigna un objet laissé sur les étagères centrales.

– La batte de cricket de Lucas ! souffla Amy, pétrifiée.

Callum s'en empara et la tapa dans la paume de sa main. Il avait le visage rouge vif, la mâchoire serrée. Amy ne l'avait jamais vu aussi en colère.

– Au moins, on sait qui est le coupable, maintenant.

Tanya se tourna vers Amy.

– Je t'avais bien dit qu'il était de nouveau comme avant ! Et regarde ce qu'il a fait !

Amy dut se racler la gorge pour arriver à émettre un son.

– Non, Lucas n'aurait pas fait ça.

– N'importe quoi ! C'est exactement ce qu'il fait ! cria Tanya.

– Il m'a souhaité que la soirée se passe bien ! Il avait arrêté de faire le bouffon, quand on en a parlé !

– Ah oui ? Eh bien Lucas Richards est un menteur, c'est tout ! s'exclama Tanya, furieuse.

Amy inspira un grand coup, puis pensa à quelque chose.

– Si c'était Lucas, il n'aurait quand même pas laissé sa batte en vue.

– Et pourquoi pas ? rétorqua Callum. Lucas s'en fiche complètement, qu'on sache que c'est lui. Il a bousillé notre projecteur, et il a laissé sa batte là parce qu'il n'en a rien à faire de nous ! Tu l'as entendu, hier soir, dire que c'était une idée débile ! Il est sans doute fier de lui, à l'heure qu'il est !

Amy se mordit la lèvre. Elle ne savait plus quoi dire, ni que penser. Lucas aurait-il été capable de cet acte, alors qu'elle venait de lui rendre service ? Elle n'arrivait pas à le croire.

D'un autre côté, il était probable qu'il ait encore dormi à l'hôtel cette nuit, ce qui lui aurait donné tout le loisir d'accomplir son méfait. Elle ne pouvait nier qu'il savait se montrer méchant. Mais de là à se révéler malveillant à ce point... ?

Ils entendirent un bruit de dérapage, puis de gravillons dispersés. Tous trois coururent à la fenêtre. C'était justement Lucas sur son skateboard. « Il a vraiment appris à le maîtriser depuis l'été. Parce que j'ai demandé à Eva de lui donner des leçons. Comment peut-il nous faire ça, maintenant ? Et pourquoi ? »

Lucas descendit de sa planche en souplesse, la cala sous son bras et se dirigea vers la porte d'entrée, disparaissant de leur champ de vision.

Callum s'écarta de la fenêtre et sortit en courant de la bibliothèque, Tanya sur ses talons.

– Attendez ! cria Amy.

Mais elle entendait déjà leurs pas précipités dans l'escalier. Elle se passa la main dans les cheveux et poussa un gémissement, puis se dépêcha de les rejoindre. Ça allait être affreux.

Quand elle parvint au pied de l'escalier, Callum ouvrait déjà en grand la porte de l'hôtel. Les poings serrés, il arborait la mine de quelqu'un qui veut se jeter sur l'autre pour le frapper. Au lieu de cela, il se mit à hurler :

– Espèce de sale égoïste ! Comment t'as osé détruire ce qui est à nous ?

– Tu crois que parce que ton père possède le village, on est ta propriété aussi ? renchérit Tanya. Tu penses que tu peux faire tout et n'importe quoi ?

D'autres enfants commencèrent à arriver des pièces environnantes, regardant en silence ou échangeant des murmures déconcertés. Lucas, lui, semblait trop abasourdi pour répondre.

– Qu'est-ce que tu as à dire pour te défendre ? cria Callum. Pourquoi tu as fait ça ?

– Fait quoi ? cria enfin Lucas, qui laissa tomber son skate contre le mur.

— Joue pas les idiots. Tu as détruit le projecteur ! brailla Tanya.

Les autres enfants poussèrent des exclamations horrifiées, puis se mirent à parler entre eux avec colère.

— Détruit le... Mais de quoi vous parlez ? De votre projecteur pourri, là ? Et pourquoi je serais allé faire ça ? s'énerva Lucas.

— C'est ce qu'on te demande ! lui renvoya Tanya, au bord des larmes. Mais il n'y a même pas besoin d'une raison, hein ? Tu l'as fait parce que tu pouvais. Tu ne t'intéresses qu'à toi, voilà tout !

— Ne te fatigue pas à nier ! ajouta Callum.

Blanc de rage, il envoya la batte de cricket aux pieds de Lucas, et elle atterrit au sol à grand bruit.

— Voilà ce qu'on a trouvé à côté du projecteur. Ou plutôt, de ce qu'il en reste !

— Tu n'es pas qu'un vandale, tu es un pauvre lâche, fit Tanya en désignant la batte. Même pas capable de reconnaître ce que tu as fait.

Amy restait sans bouger, essayant de déglutir malgré sa gorge nouée. Le silence s'éternisa et Lucas haussa les épaules d'un air dramatique.

— Comme vous voudrez, cracha-t-il, ses pommettes hautes colorées de rouge. Vous avez décidé que c'était moi, donc j'ai pas le droit de me défendre, hein ?

– Écoutez, dit enfin Amy en avançant d'un pas. Si on se calmait tous deux minutes...

– Salut, tout le monde !

Ils se retournèrent et frissonnèrent sous un coup de vent froid. Katy arrivait, affichant une expression joyeuse qui s'effaça.

– Ben alors, qu'est-ce qui se passe ?

Callum pointa un doigt accusateur sur Lucas.

– Il vient de détruire notre festival off, voilà ce qui se passe.

Amy regarda de Callum à Lucas, et vit l'expression de ce dernier changer de manière impressionnante. Son visage se figea, toute peine disparue, et ses yeux brillèrent de colère.

– Toi ! cria-t-il à Katy. C'est toi la coupable ! Ce serait bien ton style !

– Quoi ? fit Katy d'un ton stupéfait, levant les deux mains. Je sais même pas de quoi tu parles. J'aurais fait quoi ?

– Tu es venue hier soir et tu as détruit le projecteur ! hurla Lucas.

– Non ! N'importe quoi ! s'écria Katy, qui pâlit d'horreur. Je ne savais même pas !

– Lucas, tu es gonflé, s'indigna Callum. Et ensuite, tu vas accuser qui ? Moi ? Tanya ?

– Arrête d'essayer de t'en tirer en rejetant la faute sur n'importe qui, dit Tanya d'un air dégoûté.

Pauvre menteur. On peut savoir où tu étais, hier soir ?

Lucas se raidit, mais ne recula pas. Chaque muscle de son visage sembla durcir.

– Si j'ai bien compris, j'étais ici, en train de casser un projecteur à coups de batte. Parce que je n'ai rien de mieux à faire de ma vie.

Avec un dernier regard haineux pour Callum, il tourna les talons et se dirigea vers la véranda. Dans le silence, ils entendirent la porte claquer.

Pendant un long moment, on n'entendit personne respirer. Enfin, Amy s'éclaircit la voix.

– Bon, le plus important, pour le moment, c'est de remplacer le projecteur. Il ne faut pas laisser notre projet tomber à l'eau.

– Lucas n'a qu'à nous en acheter un neuf, lâcha Tanya. C'est lui le responsable.

– Alors là, c'est mal engagé, répondit Callum, qui retira ses lunettes et se passa les mains sur le visage, puis soupira. En attendant, je sais pas... Peut-être qu'il y en a un au musée, qu'on pourrait emprunter.

Amy pinça les lèvres.

– Ça vaut le coup d'essayer. Tanya, tu viendrais avec moi demander au conservateur ? On l'a vu à l'ouverture du festival, l'autre soir, et il avait l'air sympa. S'il n'a pas de projecteur, peut-être saura-t-il où en trouver.

Pour une fois, Amy ne fut pas fâchée de quitter l'hôtel et son atmosphère explosive. Laissant derrière elle les conversations lugubres, elle se dirigea vers le village avec Tanya. Mais si elle avait nourri un quelconque espoir que la marche calme sa demi-sœur, elle comprit vite que ce n'était pas près d'arriver.

– Quel abruti, ronchonna celle-ci. Comment a-t-il osé ? Il n'est heureux que quand il gâche la vie de tout le monde.

Amy respira profondément, sans oser croiser son regard.

– Je ne sais pas, Tanya. Je sais bien que tout l'accuse, mais ce serait tellement tordu...

Tanya s'arrêta net et la foudroya du regard.

– Tu sais ce qui est tordu ? Que tu passes ton temps à protéger Lucas ! Tu ne te souviens pas comment il me traitait, avant ?

– Mais Tanya, tu comprends...

– Je viens à Foxwood depuis l'âge de cinq ans. Je le connais bien mieux que toi ! Chaque fois que je suis venue, il a fait quelque chose de méchant, balancé une remarque désagréable ou s'est arrangé pour gâcher la journée de quelqu'un.

C'est sa nature ! Il n'est pas incompris, c'est juste un sale égoïste d'enfant gâté !

La respiration entrecoupée, Tanya écumait de rage.

— Mais si c'est un ami comme ça que tu veux, Amy Gordon, fonce ! Je te souhaite bonne chance !

9

Amy regarda le ciel gris menaçant et poussa un soupir. Les nuages ne faisaient pas mine de se lever dans les heures à venir. Au moins, le temps était en phase avec son humeur – sans parler de celle de Tanya. Depuis son éclat dans la rue, sa demi-sœur avait observé un silence glacé. Elle n'avait pas ouvert la bouche au musée, où Amy avait dû parler seule au conservateur pendant que Tanya lui lançait des regards mauvais. Il était même surprenant que M. Shaw n'ait pas ressenti les ondes désapprobatrices qu'elle émettait, car Amy les captait sans problème.

— Bon, on a fait chou blanc, dit Amy tout haut, dans l'espoir de rompre la glace.

Le conservateur s'était montré très aimable, mais son seul projecteur n'avait rien de comparable à celui trouvé par Callum, et il les avait bien prévenues que l'objet ne leur serait d'aucune utilité.

— C'est marrant, quand on s'est mis à parler de projecteurs, je m'en imaginais un comme ça, à l'ancienne. Mais ça ne marcherait pas, pour les DVD ?

Pas de réponse de Tanya, qui resta immobile à fixer l'horizon.

– Bon, poursuivit Amy d'un ton affairé. Tu penses qu'on devrait essayer où, maintenant ?

Silence.

Elles repartirent vers l'hôtel, et Amy souffla avec exaspération. On aurait dit qu'elles étaient ramenées au début de l'été précédent, après le mariage de son père avec la mère de Tanya. L'atmosphère avait été très tendue entre elles deux, puis elles avaient fait des efforts pour s'entendre. Cela avait payé, mais qu'en était-il maintenant ? Amy craignait qu'elles n'en soient à nouveau au point mort. Et ce n'était pas comme si elle pouvait tout oublier à son retour à Londres, maintenant qu'elle et Tanya vivaient sous le même toit...

Comme Tanya n'avait toujours pas prononcé un mot, au moment où elles dépassaient la fontaine de marbre au milieu de l'allée, Amy décida d'arrêter les frais et de se changer les idées.

– Je vais rendre visite à Lottie, annonça-t-elle.

Elle bifurqua en direction du salon de thé. Ainsi qu'elle le soupçonnait, Tanya ne répondit rien. Amy l'entendit se diriger vers la porte d'entrée du Summertime.

Amy gravit les marches de bois menant chez Lottie, essayant de se laisser égayer par les couleurs estivales du chalet. Elle fut heureuse d'apercevoir quelques clients à l'intérieur. Lottie et Edward profitaient sans doute de l'affluence due au festival. Horatio Monk était sans conteste un gros atout pour un village par ailleurs en sommeil, et Amy était vraiment contente à l'idée de lui rendre hommage aussi, et dans la demeure de son enfance.

« Si on arrive toujours à le faire », se souvint-elle sans joie.

Ce fut un soulagement de voir un visage amical, surtout celui de Lottie, dont les yeux verts pétillaient. Elle fit signe à Amy depuis la table qu'elle servait.

– Bonjour, Amy ! Assieds-toi, tu arrives au bon moment. J'ai sorti des brownies du four et il me faut quelqu'un pour les goûter. Edward est parti en ville, donc j'ai perdu mon cobaye !

Se forçant à sourire, la jeune fille tira un tabouret blanc contre le comptoir et s'y assit avec reconnaissance. Quelques minutes plus tard, Lottie la rejoignit de l'autre côté de la vitrine, s'essuyant les mains sur une serviette en tissu bleu et blanc.

– Eh bien, qu'est-ce qui ne va pas, ma puce ? l'interrogea-t-elle en posant le menton sur sa main.

– Rien, commença Amy.

Mais quel intérêt à mentir à Lottie ? Elle soupira :

— Ça se voit tant que ça ?

Lottie se redressa et lui tapota la main.

— Tu as la même expression que cet été, quand ça ne se passait pas bien avec Tanya. Et maintenant, quel est le problème ?

Amy regarda d'un air malheureux le plat de brownies.

— C'est la même chose, en fait. On s'est remises à se disputer.

— Oh, mince. Je suis désolée de l'entendre, mais je dois t'avouer que je ne suis pas extrêmement surprise.

— Ah bon ? Je pensais que vous seriez étonnée. Après tout ce qui s'est passé, tout ce qu'on a fait ensemble.

— Tu sais, Amy, même les meilleures relations entre des personnes ne sont pas un long fleuve tranquille. Il y a forcément des à-coups sur le chemin.

Lottie lui avança une assiette ornée de pâquerettes et y déposa un brownie de belle taille.

— Alors, raconte.

Amy tâta le brownie du doigt. Il avait l'air délicieux, mais elle avait l'appétit un peu coupé.

— Cette semaine avait très bien démarré. On prévoit de faire un petit festival off en projetant les films de Monk, et tout se passait bien, à part que...

— Que quoi ? lui demanda gentiment Lottie, qui découpait une éponge en morceaux.

— Ben, Tanya et Callum étaient à fond dans les histoires de projecteurs, de lentilles, d'éclairage et compagnie... Ils s'y connaissent, et moi, je ne pouvais rien faire. Du coup, je me sentais... C'est bête de le dire, mais...

— Un peu exclue ? C'est normal ! Mais tu devais participer sur d'autres plans.

— Bien sûr, mais maintenant, le projecteur a été cassé. Détruit exprès. On risque de ne pas pouvoir organiser la soirée du tout. Tous les autres pensent que c'est Lucas, mais je n'en suis pas persuadée. Alors, ils disent que je le défends, et moi, j'ai l'impression de les décevoir...

Amy termina par un soupir d'impuissance.

— Quelqu'un a détruit le projecteur ? s'indigna Lottie, qui se mit à tordre la serviette entre ses mains. C'est vraiment grave, mais si tu penses que Lucas n'y est pour rien, tu dois avoir raison. Je sais que tu as un bon jugement. Je l'ai vu à l'œuvre, avec le père de Lucas, justement. On dirait bien un malentendu. Attends un peu, je dois resservir du thé à cette table. Je n'en ai pas pour longtemps.

Quand elle revint après avoir échangé quelques paroles animées avec ses clients, elle prit le tabouret à côté d'Amy.

– Tanya et Callum sont tes amis, dit-elle doucement, même si tu n'en as pas l'impression sur le moment. Vous avez vécu pas mal de choses ensemble. Ce genre de querelles se résout souvent plus vite qu'on ne croirait. Surtout avec toi, Amy, qui es douée pour trouver des solutions. Tu te souviens, quand tu as deviné qui j'étais ? Tu vas te débrouiller pour démêler ce sac de nœuds.

– Là, c'est autre chose, dit Amy, qui n'était pas convaincue.

– Mais il faut quand même garder la tête froide et comprendre les gens. Tanya et Callum ne vont pas apprécier d'être brouillés avec toi non plus, tu sais. Allez, je te le promets. La semaine prochaine, à la même heure, vous serez à nouveau les meilleurs amis du monde.

– Je l'espère.

Amy sourit à la vieille dame, un peu rassérénée. Elle prit un brownie, en goûta une bouchée et réalisa qu'en fin de compte, elle avait un peu faim.

– Il est trop, trop bon. Vous n'avez pas du tout besoin de goûteurs, Lottie.

— J'ai aussi une idée, pour le projecteur. Je ne promets rien, mais les combles de l'hôtel sont remplis d'un fourbi à peine croyable. Au point que je n'ose pas imaginer faire le tri tout de suite. Par contre, vous pourriez aller regarder. Va savoir ce que vous pourriez trouver. S'il y a des choses susceptibles d'intéresser du monde, vous pouvez organiser une vente au Summertime. En répartissant les tâches, vous auriez le temps d'acheter un nouveau projecteur avant samedi. Il y a un grand magasin d'électroménager aux abords de la ville.

— Oh, Lottie, vous croyez ? Mais ça vous appartient, tout ça !

— Et je ne vais jamais rien en faire. Si vous me débarrassez d'une petite partie, je vous en serai reconnaissante, et si vous pouvez en tirer un peu d'argent, ce sera parfait. Vous trouverez peut-être même des pièces de collection.

— Oh, Lottie, ce serait l'idéal, dit Amy en l'embrassant. Si je peux au moins contribuer à remplacer le projecteur, je suis sûre que ça arrangera les choses entre nous. Merci beaucoup !

— Mais non. Je vous dois tant, à toi et tes amis. Vous ne m'avez pas seulement sauvée de l'incendie, vous avez retrouvé l'amour de ma vie, après toutes ces années !

Lottie se leva pour débarrasser, puis passa le plat chargé à Amy.

– D'ici là, tu peux leur apporter des brownies comme calumet de la paix.

Hésitante, Amy grimpa à la vieille échelle et passa la tête dans la pénombre du grenier. Elle s'arrêta pour regarder autour d'elle. Une lumière terne filtrait par des lucarnes étroites et encrassées. Elle retint son souffle, s'attendant à entendre des bruits de petites pattes, mais le silence régnait. Pas de rongeurs, ou aucun qui se montre.

– Alors ? demanda la voix de Callum derrière elle. Qu'est-ce que tu attends, Amy ?

Elle gravit les derniers barreaux et monta, suivie de Callum et Tanya. Malgré les brownies, ils étaient toujours un peu froids avec elle, et elle espérait qu'ils perdraient leur raideur lors de l'exercice de tri qu'ils s'apprêtaient à entamer. Elle avait réussi à créer une lueur d'espoir dans leurs yeux en parlant du grenier. Elle l'avait vu, même s'ils avaient fait de leur mieux pour paraître calmes et peu intéressés.

– Pas de chauves-souris dans le coin, lança Tanya. Tu peux y aller, Callum.

Amy regarda en l'air. La partie du toit où logeaient les oreillards gris étaient maintenant séparée du reste, avec ses propres entrées. Elle avait beau aimer les chauves-souris, elle préférait ne pas les voir voleter dans tous les coins du grenier, suffisamment sinistre à lui tout seul. Des montagnes de meubles et de bric-à-brac se dressaient contre les murs, couvertes de poussière et de toiles d'araignée.

— Tu as vu tout ce qu'il y a, Tanya ? s'exclama Callum.

— Oui ! répondit celle-ci tout en retirant une toile d'araignée de ses cheveux. Ça va nous prendre du temps, de regarder tout ça.

— On va forcément trouver des choses vendables, intervint Amy en leur souriant.

— Sûrement, répondit Callum sans la regarder.

Tanya ne dit rien, la dépassa et entreprit de dérouler un tapis.

Amy avala sa salive et garda le sourire fixé sur son visage.

— Allez, commençons !

« Heureusement que je n'ai pas peur des araignées », pensa Amy au troisième énorme faucheux qui déguerpit quand elle souleva des décorations diverses. Au bout de cinq minutes, elle avait la gorge desséchée par les nuages de poussière qui se dégageaient des vieux rideaux et couvre-lits. Bien que tout soit resté si longtemps à l'abandon, des objets d'une certaine valeur étaient restés au milieu. Tanya déplia un dessus-de-lit, et quand Amy vint à son secours, elle la laissa se débrouiller toute seule. Amy poussa un soupir et le regarda. Les broderies avaient connu des jours meilleurs, mais avaient été de couleurs vives et jolies. Il y aurait bien quelqu'un qui aurait envie de le laver et de le mettre en décoration. Peut-être leur rapporterait-il une dizaine d'euros ?

Ils trouvèrent aussi de vieilles lampes en verre soufflé aux motifs floraux, ainsi que des vases de style chinois quasiment intacts et tout un carton de boîtes à biscuits métalliques qui pourraient plaire aux amateurs de décoration vintage. Quelqu'un leur prendrait peut-être aussi les chaises en bois courbé un peu abîmées pour les restaurer. Des malles contenaient même des robes et chapeaux des années 1920. Rien qui intéresse Amy ni Tanya, mais certaines personnes n'appréciaient-elles pas la mode rétro ?

— Ah, je suis tombé sur une pièce de choix, dit Callum en déplaçant une table cassée.

Il exposa une tête de mort de plâtre, un peu jauni par l'âge, mais encore en bon état, avec de grosses pierres brillantes à la place des yeux.

— Ce sont des vrais ? demanda Tanya avec espoir.

— Tu parles ! s'esclaffa Callum, qui gratta le coin d'un faux rubis. C'est du plastique, mais ça fait son petit effet.

Il les dépoussiéra, puis retourna le crâne à la lumière pour faire miroiter les facettes.

— Ce seraient des vrais, nos ennuis prendraient fin, dit Tanya. Mais le crâne est plutôt sympa, quand même. Mets-le sur la pile à vendre.

Callum disposa avec soin le crâne sur la pile grandissante d'objets vendables.

— Il faudra un bon coup de chiffon à tout ça, mais ça ne devrait pas prendre longtemps, si on s'y met tous. Et Katy est en bas. Elle voudra peut-être bien nous aider ? suggéra Amy.

« Je pourrais essayer de m'entendre avec elle, au moins... »

— Ouais, peut-être, marmonna Callum.

Tanya, elle, ne prit pas la peine de répondre.

« Combien de temps ça va durer, encore ? » se demanda Amy, l'estomac noué.

— On devrait commencer à descendre des affaires à la salle de bal, suggéra-t-elle encore.

— Oui, bonne idée. J'y vais.

Callum prit un carton, mais Tanya l'arrêta.

— Tu n'en as pas pris assez, dit-elle.

Et en riant, elle lui posa un vieux panama sur la tête.

— Incline-le ! dit Callum. C'est comme ça que c'est classe !

— Attends, essaie plutôt celui-ci, dit Tanya en remplaçant le panama par un haut-de-forme. C'est mieux.

— Le style, c'est tout naturel chez moi, fanfaronna Callum au moment où le chapeau lui tombait sur les yeux.

Tanya s'empara d'un chapeau cloche des années 1920 ornée d'une grande fleur et se mit à minauder en battant des cils.

— Génial, dit Amy, qui se coiffa à son tour du panama.

Aussitôt, Tanya se détourna.

— Allez, Callum, vas-y, dit-elle en relevant le bord de son haut-de-forme.

Callum s'empourpra légèrement, puis descendit l'échelle tant bien que mal.

Amy serra les dents et se retourna vers les affaires amoncelées. Elle se mit à trier de la vaisselle en porcelaine, et dut prendre sur elle pour éviter de la fracasser contre le sol.

Peut-être le travail collectif en vue de la vente améliorerait-il les choses, mais Amy avait peu d'espoir. Elle commençait à souhaiter ne jamais avoir entendu parler d'Horatio Monk.

10

Titubant sous le poids de grands rideaux de velours pliés, Amy entra dans la salle de bal et se dirigea vers l'amas grandissant d'objets à vendre. Quand elle les posa à côté du tapis roulé sur lui-même, des nuages de poussière s'élevèrent. Elle s'épousseta les mains et sourit à Katy, qui regardait dans une boîte de décorations.

– Salut ! Tu as terminé ton coup de fil ?

– Oui, c'était ma grand-mère. Alors, vous avez déniché des choses intéressantes ? Je peux vous aider pour le nettoyage.

Elle saisit le crâne et scruta ses yeux en faux rubis.

– Ce serait super, répondit Amy, soulagée de trouver une interlocutrice amicale. Je vais commencer à les trier par catégories et réfléchir aux prix.

– Je pars chercher un seau et un chiffon.

Après un court passage par la cuisine, Katy revint munie d'un seau d'eau savonneuse et s'agenouilla pour s'attaquer à un petit éléphant de cuivre terni.

– Avec du jus de citron et du sel, on pourrait lui redonner son éclat. C'est ma grand-mère qui m'a appris ça.

– Je ne sais pas trop si on aura l'occasion de fignoler, soupira Amy. Si on veut avoir le temps d'acheter un projecteur avant samedi, il faudra tenir la vente demain.

Certains des habitués du Summertime commencèrent à arriver et admirèrent à grand bruit les vieilles affaires. Chloé et Olivia soulevèrent le tapis à deux.

– On l'emporte dehors pour le battre, expliqua Olivia.

– Pauvre vieux tapis, fit Jack avec un clin d'œil à Oscar. Il va déguster !

– Dis donc ! s'offusqua Olivia, non sans rire. Au lieu de faire des commentaires désagréables, si tu allais laver les assiettes qui sont là ? Je suis sûre qu'elles pourraient intéresser quelqu'un.

Jack grommela, mais prit le carton de vaisselle et se dirigea vers la cuisine.

– Dégaine les gants en caoutchouc, Oscar. Les jumelles ont parlé.

– Si on arrive à faire venir toutes nos familles, plus des amis, ça pourrait vraiment marcher, dit Amy.

Elle essaya d'insuffler de l'enthousiasme dans sa voix. Fini d'avoir le moral à zéro. Il y avait tout de même une vente à organiser.

– On n'aura pas le temps de fabriquer des affiches, mais tant qu'on fait bien circuler l'information, on peut avoir une clientèle suffisante. Qu'est-ce que tu en penses, Tanya ?

Celle-ci, qui apportait une pile de cartons à chapeaux, haussa les épaules.

– Peut-être.

Sans un mot de plus, elle repartit d'un pas lourd pour le grenier.

Katy regarda Amy avec compassion.

– Ça va ?

– Oui, répondit Amy, la gorge serrée, lassée que ses efforts n'aboutissent à rien. Je viens de me souvenir... Il faut que je rentre, euh... chercher quelque chose.

Elle se releva en vitesse et sortit précipitamment de la salle. Se mettre à pleurer devant tout le monde, c'était bien la dernière chose qu'elle voulait : impossible de rester une seconde de plus. Dans d'autres circonstances, elle aurait pu prendre plaisir à préparer la vente avec les autres. D'autant que, malgré la petite rancune qu'elle gardait à l'égard de Katy, les choses s'étaient même arrangées avec elle. Mais la froideur de Tanya gâchait tout. Amy descendit à toute vitesse les marches menant à la réception, soulagée de sortir dans la fraîcheur de l'air automnal.

Quelques instants plus tard, elle était à Apple Cottage. Elle avait espéré éviter Pat et John, mais n'eut pas cette chance. Au moment où elle entra dans la maison, Pat sortait de la cuisine, suivie de John qui portait une théière.

– Amy ! Tu rentres tôt ! s'étonna Pat, non sans un regard entendu vers son mari.

– En fait, Tanya est restée à l'hôtel. On organise une vente de vieux objets demain, pour financer la soirée Monk, expliqua Amy.

Elle sourit de façon un peu forcée. Pat et John allaient tout de suite s'imaginer qu'elle et Tanya se disputaient à nouveau. « Et ils auraient raison », pensa-t-elle, morose.

– Eh bien, ça me paraît une bonne idée, dit John avec gentillesse. Vous formez une bonne équipe, pour ce genre de choses.

– Oui-oui, fit Amy en détournant les yeux, puis en partant vers l'escalier. Mais je voulais parler à ma mère sur Skype, alors... je suis partie plus tôt.

Elle ne put que remarquer le regard inquiet qu'ils échangeaient. « Raté », pensa-t-elle. Vraiment, elle n'avait aucune envie qu'ils se refassent de la bile à leur sujet. Elle avait été tellement sûre que ce temps-là était révolu...

Amy ferma la porte de la chambre et s'assit à son bureau avec un soupir. Le soleil déclinait déjà, inondant d'une lumière dorée les arbres qui surplombaient les champs. Les freux entamaient leurs préparatifs du soir. D'ordinaire, cette vue était apaisante, mais pour la première fois des vacances, elle eut la nostalgie de Londres. Dans de tels moments, elle regrettait que sa mère se trouve aussi loin.

Paris n'était pas à l'autre bout du monde, mais parfois, Amy se disait que sa mère aurait aussi bien pu être en Australie. Pourquoi elle et son ami Paul n'enseignaient-ils pas à une université de Londres, plutôt qu'en France ? Il devait bien y avoir des postes en Angleterre. Amy soupira encore une fois et ouvrit son ordinateur.

Sa mère était en ligne et répondit tout de suite à son appel. Quand son visage souriant s'afficha à l'écran, Amy sentit des larmes lui piquer les yeux.

— Bonjour, maman.

— Bonjour, ma puce. Tout va bien ? s'inquiéta sa mère en se rapprochant de son écran.

— Oui-oui, dit Amy avant de se racler la gorge. Toi et Paul, ça va ?

— En pleine forme, ma chérie. Mais toi, tu n'as pas l'air dans ton assiette, si je peux me permettre.

— C'est possible, avoua Amy, qui se mordit la lèvre. En ce moment, c'est un peu... bizarre.

— Quel est le problème ? demanda sa mère, l'air de plus en plus soucieux.

— Rien du tout, maman, c'est juste que... Tanya et moi... on s'entend beaucoup mieux qu'au début, tu le sais. Mais depuis hier, ça se passe mal, et Callum est sur le tempo de Tanya. Ils sont tous le temps ensemble, proches et...

À son grand énervement, elle sentit les larmes revenir et cilla rageusement.

— Oh, quel dommage. Je trouvais que vous vous entendiez si bien. J'aimerais pouvoir être là.

« J'aimerais aussi, maman. »

— Ce n'est pas grave, dit Amy tout haut. Tout va bien, franchement.

— Tu sais ma puce, ça arrive tout le temps dans les groupes d'amis. Trois, ce n'est pas un nombre facile.

— Je me doute.

Le visage de sa mère s'éclaira.

— Tu te souviens, l'année dernière, quand tu t'étais disputée avec Sophie ? Ensuite, Zoé s'est chamaillée avec elle à son tour, et Gareth a pris le parti de Sophie... Vous êtes restés en guerre pendant des semaines.

Oui, pensa Amy sans joie, elle se souvenait de ces moments horribles où rien n'allait plus entre amis. Elle ne souhaitait pas que cela arrive avec Tanya et Callum.

– Ça nous avait pris un temps fou de tout remettre à plat et nous réconcilier.

– Avec Tanya et Callum, ça marchera aussi. Vous allez vous en remettre.

– J'espère.

– Et moi, je sais, affirma sa mère avec un sourire. De toute façon, tu n'as pas le choix et Tanya non plus. Vous êtes demi-sœurs, désormais. Il y aura forcément des moments comme maintenant, mais ça ne durera pas.

– Peut-être... Pourvu que tu aies raison.

Amy se mit à jouer avec un stylo, puis déclara :

– Tu me manques, maman.

– Toi aussi, ma puce.

– Je devrais y aller, dit Amy en s'essuyant les yeux.

Elle n'allait pas pleurer pour de bon devant sa mère.

– J'ai des choses à faire, et j'entends que Paul t'appelle.

– Oui, on doit assister à une conférence, ce soir. Mais on se reparle en fin de semaine, d'accord ?

Je parie que d'ici là, toutes ces histoires seront terminées.

Une fois qu'elle eut envoyé des bises à sa mère et le bonjour à Paul, pour recevoir la même chose en retour, Amy se sentit un tout petit peu mieux. Sa mère avait un discours rassurant, même si elle n'était pas tout à fait convaincue.

« Elle a peut-être raison. Ce serait bien que tout soit oublié ce week-end. »

Malgré tout, en entamant ses vacances à Foxwood, elle était loin de penser qu'elle terminerait la semaine en voulant les oublier !

11

Au matin suivant, Amy était assise sur la première marche de l'escalier pour enfiler ses tennis. Le soleil était de retour : elle distinguait le bleu du ciel derrière la vitre fumée de la porte d'entrée. Pourvu que ce soit un bon présage pour la vente, voire pour le reste...

– Tanya ? appela-t-elle, un peu hésitante.

N'obtenant pas de réponse, elle termina de nouer ses lacets et passa la tête par la porte de la cuisine.

– Tanya, tu es prête ?

Sa demi-sœur, encore en pyjama, releva les yeux de son bol, la cuillère arrêtée à mi-parcours.

– Je te retrouverai là-bas, marmonna-t-elle.

Absorbée dans sa lecture des ingrédients sur son paquet de céréales, elle ne croisa pas le regard d'Amy.

« Bon, de toute façon, qui est du matin ? Pas moi non plus. » Malgré tout, elle aurait préféré que Tanya lui fasse moins manifestement la tête. Il ne lui restait plus qu'à espérer qu'elles se rapprochent à nouveau en faisant la vente ensemble.

Mais il était difficile de ne plus penser à ses problèmes quand l'objet de leur dispute se présentait devant elle. Au moment où elle montait les marches du perron, Lucas sortit de l'hôtel, skateboard sous le bras. Il avait les cheveux en bataille et affichait une mine maussade.

— 'lut, marmonna-t-il.

— Bonjour, Lucas, dit Amy en s'arrêtant, une main sur la poignée de la porte. Tu dors toujours ici ?

— Et alors ? rétorqua-t-il avec hargne. Tu as peur que je détruise l'hôtel à coups de batte de cricket ?

— Mais non, répondit Amy avec un soupir irrité. Je me doute que ce n'est pas toi.

— Ah ouais ? T'es sûre ? lança-t-il d'un ton amer.

— Oui, plutôt, repartit-elle sèchement. Mais tu restes le gars le plus impossible que j'aie jamais vu. Il y a quelque chose qui te tracasse, et ce n'est pas ma faute.

— S'il y a un truc qui me tracasse, ça ne te regarde pas. Et les autres non plus, ajouta Lucas avec un signe de tête vers l'intérieur.

— Dans ce cas, parles-en à tes parents. Confie-toi à quelqu'un, et arrête d'être aussi insupportable.

Une froideur hostile se lisait dans les yeux bleus de Lucas.

– Je n'ai besoin de parler à personne, alors lâche-moi. D'ailleurs, si tout le monde pouvait me lâcher...

Il jeta son skateboard à grand bruit au bas des marches, sauta négligemment dessus et partit à une allure bien trop élevée sur la partie goudronnée de l'allée.

Dépitée, Amy entra dans le hall. Elle ne parviendrait pas à aider Lucas. Il était même inutile de chercher à être amie avec lui. Callum avait sans doute raison.

Cette pensée la poussa à envoyer un sourire à son ami en pénétrant dans la salle de bal. Il était occupé à disposer des vases et divers bibelots sur une planche posée sur des tréteaux. Katy aussi était venue et essayait de présenter le grand dessus-de-lit brodé de façon qu'il soit à son avantage. Amy prit une grande inspiration. Si elle ne parvenait pas à arranger les choses avec Tanya, elle pouvait au moins essayer de passer une bonne journée avec tous les autres.

– C'est gentil d'être revenue, Katy. Merci de nous aider.

– Pas de quoi, dit Katy en souriant, tout en tournant le dessus-de-lit pour en lisser un coin. Et toi, Amy, ça va ? Tu es partie vite, hier soir.

– Tout va bien, s'empressa de répondre Amy d'un ton assuré, glissant un regard vers Callum.

– Tant mieux, dit Katy. Et tu sais, je vous aide avec plaisir. C'est sympa de faire autre chose que de transporter des énormes piles de livres.

– Avec nous, tu as droit à des énormes piles d'assiettes, précisa Callum en riant.

– Bon, je vais nettoyer le vieux crâne, dit Katy.

– Tout a l'air de bien se passer, dit Amy, qui s'épousseta les mains tout en reculant pour admirer un portant de vieilles robes. Je vais essayer de suspendre les chapeaux, ça rendra mieux. Et il faudrait qu'on affiche les prix.

Les deux heures bien remplies qui suivirent passèrent de façon plaisante et ne laissèrent pas trop l'occasion à Amy de se torturer au sujet de Tanya, même quand celle-ci finit par arriver.

Sa demi-sœur s'arrêta à l'entrée de la salle et se débarrassa de son blouson en regardant les tables chargées d'objets.

– Je pense toujours que Lucas aurait dû nous racheter un projecteur, grommela-t-elle. C'est trop prise de tête, cette histoire. Et c'est pas comme s'il n'avait pas de quoi le payer.

Malgré tout, Tanya participa comme les autres : elle nettoya de vieux bijoux fantaisie et couvrit de velours vert une plaque en carton pour qu'ils soient mieux présentés. Quand midi arriva, la salle de bal commençait à avoir fière allure. Amy avait suspendu les chapeaux à des épingles au mur, et ils avaient même retrouvé un vieux mannequin de couturière pour exposer l'une des robes de charleston. Chloé avait enroulé un renard au niveau du cou et Amy y avait adjoint un grand chapeau, pour un résultat très stylé.

Le dessus-de-lit avait été étendu sur deux tréteaux, montrant ses motifs élaborés un peu fanés, et les garçons s'étaient bien débrouillés pour disposer les vases et les assiettes avec goût, façon exposition d'objets d'art plutôt que fatras de vieille vaisselle.

Les premiers visiteurs arrivèrent à midi pile. Il s'agissait d'un couple de personnes entre deux âges, qu'Amy avait vu à la conférence sur Monk. Ils s'émerveillèrent sur les robes d'époque et retournèrent avec précaution les assiettes, mais ne tardèrent pas à sortir de la salle. Un instant plus tard, on entendit leurs pas résonner dans le couloir au-dessus.

– Mouais, ils voulaient surtout fouiner dans la demeure d'enfance de Monk, fit Tanya avec un regard contrarié vers le plafond. Tant qu'ils y étaient, ils auraient pu acheter quelque chose.

— Ils pourront toujours le faire en redescendant, signala Oscar, qui n'avait toutefois pas l'air optimiste. Ah, de nouveaux clients.

Ensuite, les visiteurs se succédèrent en un flot constant, la plupart étant des touristes venus pour le festival. Amy reconnut un homme de haute taille déguisé en Apicultueur lors du défilé. Les parents de Katy arrivèrent assez tôt et examinèrent chaque objet mis en vente. Ils optèrent pour plusieurs articles, dont la robe de charleston et le vieux renard. Amy s'empressa de vêtir le mannequin d'une autre des robes à vendre et y ajouta une capeline de velours.

La salle de bal s'emplissait et Amy commençait à se sentir plus optimiste. Jack emballait avec soin un vieux vase affreux dans du papier bulle pour un client enthousiaste, et le portant était maintenant pris d'assaut par plusieurs dames.

Pourtant, en regardant ce qui avait été vendu, elle ne put s'empêcher de ressentir une pointe de déception. Une grande partie des clients potentiels se contentait, comme le premier couple, de prendre les articles pour les reposer ensuite, avant de partir explorer l'hôtel. On entendait largement plus de visiteurs à l'étage qu'il ne s'en trouvait à regarder les objets en vente.

Callum lui fit signe à l'autre bout de la salle, désignant les touristes avec inquiétude.

« Va voir ce qu'ils font », lui signifia-t-il.

Amy lui sourit, soulagée de constater qu'il avait l'air de vouloir tourner la page. Elle accepta cinquante centimes pour une assiette, laissa la pièce dans l'une des boîtes en plastique prévues pour la monnaie, puis sortit de la salle. En haut, ses soupçons se confirmèrent. Les pièces étaient envahies de touristes amateurs de Monk qui prenaient des photos sur leurs téléphones, examinaient de vieux tableaux et des meubles et poussaient des exclamations lorsqu'ils reconnaissaient des décors de films.

– Là ! disait un homme à côté duquel Amy dut se faufiler. C'est dans cette chambre que la Fiancée tarentule attaque son prétendant ! Le lit à baldaquin !

Sans se poser de questions, il monta sur le lit, et Amy dut se retenir de ne pas lui crier d'enlever ses chaussures.

– C'est bien ça, Gordon, dit sa femme, qui battit des mains et attira l'attention de ses amis. Et regardez par ici. Ce superbe bureau, c'est le décor de la dernière scène dans *La Piqûre fatale*.

Une femme imposante en robe à fleurs recula sans regarder et faillit renverser Amy dans sa quête d'un bon angle pour prendre sa photo. La jeune fille se mordit la lèvre avec irritation, puis se fraya un chemin parmi les touristes pour retourner sur le palier du premier étage. « On aurait dû faire payer l'entrée, tout simplement, pensa-t-elle avec amertume. Ils n'auraient pas fait de difficultés pour donner quelque chose, et on aurait récolté plus d'argent ! »

À son retour dans la salle de bal, il y avait encore quelques personnes qui tournaient autour des tables, mais en nombre bien inférieur à celles qui fouillaient là-haut pour dénicher ce qu'elles reconnaissaient des films de Monk. Amy eut un regain d'espoir en repérant Pat et John qui regardaient un porte-savon en porcelaine bleu et blanc, surtout quand elle vit combien ils le payaient. Elle ressentit un soupçon de culpabilité qu'ils aient donné un billet de dix euros et refusé la monnaie qu'Oscar leur tendait... « Si on veut avoir un nouveau projecteur d'ici samedi, impossible de refuser. » Elle poussa un soupir résigné.

Lottie lui fit signe par la porte, et Amy vit qu'elle était suivie de la mère d'Eva. Elle leur rendit leur sourire et leur geste amical, rassérénée de voir deux des personnes qu'elle appréciait le plus à Foxwood.

— Amy, j'ai apporté des petits gâteaux, annonça Lottie en lui tendant un plateau couvert de film alimentaire. Tu pourrais les vendre et ajouter ça à votre total.

– Oh, c'est trop gentil, Lottie ! Ça devrait très bien se vendre.

Amy disposa les sablés au caramel et les barres de céréales maison sur quelques assiettes de porcelaine qui n'avaient pas encore trouvé acquéreur. Elle voyait juste. En un quart d'heure, les petits gâteaux étaient écoulés et les boîtes en plastique se remplissaient. Si seulement le bric-à-brac du grenier avait eu autant de succès ! Plus loin, elle vit Eva marchander dur avec sa mère concernant un abat-jour en verre coloré. Mme Marchmont, ravie de coopérer, donna elle aussi un billet de dix euros et partit satisfaite de son achat.

Malheureusement, la contribution de Lottie, Pat et John et Mme Marchmont devait dépasser toutes les autres ventes cumulées. Une fois les touristes partis, Amy et Callum arrivèrent à un total inférieur à cent cinquante euros.

– Et le projecteur le plus abordable est à plus de deux cents, rappela Callum en pianotant sur son téléphone d'un air dépité.

Amy avait peine à ravaler sa tristesse. Ils n'avaient pas ménagé leurs efforts pour organiser la vente, mais apparemment, cela ne suffirait pas à maintenir leur projet. « Des tas de gens sont venus, mais peu ont acheté des choses. »

— S'ils aiment tant Monk, ils auraient dû nous aider pour notre soirée films, bougonna Chloé en jetant un chapeau dans un carton.

L'humeur était sombre dans la salle de bal et personne n'avait envie de reparler du projet tombé à l'eau.

— Et en plus, il reste plein de trucs, dit Jack avec un coup d'œil aux tables encore couvertes de trésors du grenier. Il va falloir tout rapporter.

— Ah, la tête de mort s'est vendue, non ? dit Amy en soulevant sans enthousiasme les objets restants. On en a tiré combien ?

Katy, qui remballait des assiettes dans du papier kraft, répondit d'un air contrit :

— Ben, en fait, rien du tout. Elle était tellement fragile qu'elle s'est effritée dans mes mains quand j'ai essayé de la nettoyer. Désolée.

Amy se sentit encore plus déçue.

— Bon, c'est pas ta faute.

— Elle devait être sans valeur, de toute façon, dit Katy avec un haussement d'épaules. Bon, excusez-moi, mais je dois y aller. Il y a une expo Monk demain après-midi, et j'ai promis à mes parents de les aider à décorer la salle des fêtes.

– Ça va, on va y arriver... Tiens ! s'exclama Amy, qui courut rejoindre Katy à la porte. J'ai eu une idée. Si on aidait à décorer la salle, tu crois que tes parents voudraient bien nous prêter leurs décorations, une fois l'exposition terminée ? Nous n'avons pas grand-chose, à part le squelette et le chaudron. Laura et Robbie ont bossé dur dans le jardin de Mme Edgware pour gagner le chaudron et Mark et son copain Owen ont reclassé toute une bibliothèque en échange du squelette...

Amy sentit son cœur s'alourdir à nouveau, mais elle se força à lui lancer un sourire éclatant avant d'ajouter :

– Ah, et le père d'Ellie doit livrer les citrouilles, aussi. Mais si on pouvait utiliser les accessoires de tes parents, ça pourrait faire une belle fête d'Halloween !

Callum approuva lentement de la tête.

– Ce n'est pas ce qu'on avait prévu, mais ce serait toujours mieux que rien, puisque ce n'est plus la peine d'espérer mettre la main sur un projecteur.

– Ça pourrait être sympa, appuya Amy, décidée à dérider tout le monde.

Katy se mordait la lèvre.

– Je sais pas trop... Ce ne sont pas vraiment des décorations d'Halloween, mais des objets de collection en rapport avec Monk. Et mes parents sont très chatouilleux dès qu'il s'agit de Monk. Certains de leurs objets sont des répliques des objets utilisés dans les films, et ils sont hyper-protecteurs...

– On promet d'y faire attention, intervint Chloé. On peut au moins leur demander ? Et si on t'aide, ça te déchargera.

– Ce serait génial, Katy. S'il te plaît, propose-leur ! la supplia Jack avec un superbe regard de chien battu.

– Il n'y a pas de mal à demander ?

Même Tanya avait l'air partante, ce qu'Amy fut ravie d'entendre.

– Ça nous consolerait de ne pas pouvoir projeter les films. Et tes parents apprécient que d'autres soient fans de Monk, non ?

Encore une fois, Katy haussa un peu les épaules.

– Bon, on peut toujours essayer. Je leur demanderai ce soir, mais ne soyez pas déçus s'ils refusent !

12

Contre toute attente, les parents de Katy acceptèrent avec enthousiasme la proposition. « En fait, ils sont ravis », pensa Amy, amusée et soulagée à la fois.

– Bien sûr que vous pouvez emprunter notre décoration ! s'exclama la mère de Katy, rayonnante. Une soirée horreur organisée par de jeunes fans de Monk dans le village, c'est formidable. Ça augure bien de l'avenir du festival Monk, tu ne trouves pas, Magnus ?

– Absolument, approuva le père de Katy en se frottant les mains. Et votre aide pour décorer la salle ne sera pas de refus, pas vrai, Katy ?

Ce n'était franchement pas désagréable, comme travail. Amy prit plaisir à remplir la salle des fêtes de décorations effrayantes et à trouver les bons endroits pour placer les répliques d'objets des films. Les parents de Katy étaient ouverts à toutes les suggestions.

– Les chauves-souris, ça serait bien, ici ? demanda Amy depuis le haut de l'escabeau.

– Impeccable ! lui assura la mère de Katy. Et on pourra accrocher l'autre bout de la guirlande dans le coin opposé, pour que les chauves-souris aient l'air de traverser la salle.

Amy fit passer l'un des bouts de la guirlande de chauves-souris parfaitement imitées à Oscar, et celui-ci l'emporta à l'autre bout de la pièce, puis monta sur une chaise pour le fixer au plafond. Effectivement, l'effet de réel était saisissant.

– Je ne comprends pas pourquoi Katy trouvait ton idée mauvaise, murmura Oscar à Amy tandis qu'ils fouillaient une boîte de citrouilles de plâtre hideuses et de faux membres humains sanguinolents. C'est cool qu'on l'ait persuadée de nous laisser leur demander. À la façon dont elle a réagi, on aurait dit que ses parents allaient s'évanouir d'horreur rien qu'à entendre la proposition !

– Ils sont peut-être plus sévères d'habitude, hasarda Amy, peu convaincue. En tout cas, ils sont très contents de notre aide, et tout ça rendra superbien à l'hôtel Summertime samedi soir.

Le père de Katy prenait même le temps de répondre de bonne grâce aux incessantes questions de Callum concernant Horatio Monk.

Avec autant de personnes pour mettre la main à la pâte, la décoration avançait en un rien de temps. Amy descendit de son escabeau pour admirer les empilements de citrouilles, les grandes toiles d'araignée et la colonie de chauves-souris au-dessus de leurs têtes. Dans un coin se trouvait une superbe hache à deux tranchants, dégoulinante de sang ; à côté, une silhouette humaine en robe de mariée usée, le visage couvert d'un voile mangé aux mites.

– Waouh, ça en jette, dit Olivia en les rejoignant.

– La Fiancée tarentule en fin d'après-midi, ça me va, déclara Tom, mais je ne sais pas ce que cela m'inspirera dans le vieil hôtel à la nuit tombée.

Amy et Olivia éclatèrent de rire.

– Quel gros trouillard.

– Ouais, et je vous demanderai de me protéger, plaisanta-t-il.

Derrière eux, la porte de la salle s'ouvrit, et en se retournant, Amy découvrit Eva, son sac d'ordinateur en bandoulière.

– Salut, tout le monde, dit-elle, s'arrêtant pour admirer à la ronde. C'est superbe ! Je vous ai vus par la fenêtre, et je n'ai pas pu résister à venir jeter un œil.

– Merci ! répondit Amy, très heureuse de la venue de son amie. On va pouvoir tout réutiliser samedi au Summertime. Un échange de services à la Troc en stock !

— Super idée, approuva Eva. Alors comme ça, ce sera une soirée Halloween ?

— Oui, pour remplacer notre marathon de films. Avec ces décors géniaux, ça devrait donner une fête réussie.

— Je trouve aussi ! Pour mettre dans l'ambiance, y a pas mieux. Ah, en parlant d'ambiance, j'ai eu une idée.

Eva attira Amy à part pendant que les autres se remettaient au travail.

— Il y a un tour que j'ai toujours voulu jouer à Halloween. Tu m'as raconté que Callum n'arrêtait pas de vous faire tourner en bourrique, et que Katy a annoncé une guerre des farces... Mais finalement, vous ne vous êtes pas vengées ! J'adore faire de bonnes farces. Tu m'aiderais à préparer ça ?

— Tu es sûre ?

Amy était contente, mais aussi intriguée. Qui sait, une bonne farce à Callum permettrait peut-être de les réconcilier une bonne fois pour toutes ?

— Ça pourrait être sympa, mais tu n'es pas trop occupée ? s'enquit-elle.

— En ce moment, je n'ai rien de prévu, la rassura Eva. Viens à l'hôtel, et je vais te montrer.

Une fois sur place, les filles passèrent à côté de la salle de bal, où le bric-à-brac était toujours étalé sur les planches soutenues par des tréteaux. Cette simple vue rappelait à Amy les efforts qu'ils avaient faits pour un résultat nul. Eva lui donna un coup de coude et sourit.

– T'en fais pas, la fête sera un chouette remplacement, et au moins, tu sais que vous n'auriez pas pu faire mieux. On pourrait peut-être utiliser une partie de l'argent pour acheter de quoi grignoter. Sinon, il paraît que de nombreux fans de Monk ont été ravis de visiter gratuitement les lieux de tournage de certains films.

– Ah, c'est sûr ! s'exclama Amy avec une moue dépitée. Je n'arrive pas à croire qu'on n'ait pas pensé à vendre des tickets d'entrée, tout bêtement !

– Allez, viens dans la bibliothèque et je t'explique tout.

Eva se dirigea vers la belle pièce octogonale.

– Ce sera une farce parfaite pour Halloween, si on arrive à la faire.

– Ce n'est pas méchant, au moins ? demanda Amy, se souvenant soudain de la terreur de Thomas à cause de Katy.

– Pas du tout, juste dans le bon ton. Assez pour bien faire peur à tout le monde, mais rien qui provoque des crises de nerfs. Ils vont adorer, promit

Eva, qui posa son sac à terre et sortit son ordinateur. Regarde le logiciel que j'ai là-dessus. C'est ce qu'on utilise en cours de musique comme aide à la composition.

Elle cliqua sur le pavé tactile.

— Là, tu vois ?

— OK, fit Amy en regardant l'écran. On peut faire une programmation Halloween ?

— Mieux que ça. On va créer des effets de son vraiment flippants et les passer en boucle. Si on installe des haut-parleurs dans le passage secret, ça va résonner dans les pièces du bas. En tout cas, c'est ce qu'il me semble.

Amy lui sourit avec satisfaction.

— Ça devrait être génial ! Tout le monde va avoir peur quand ça se lancera. Tu as raison, ils vont adorer.

— D'abord, il nous faut enregistrer des bruits effrayants.

Eva passa les doigts sur le clavier.

— Et tu vois ça ? C'est la manière de faire jouer tous les sons ensemble. Ils passeront l'un après l'autre en se mélangeant un peu, pour un effet naturel.

— Surnaturel, la corrigea Amy avec un sourire. J'adore ton idée. Allez, on s'y met ?

Eva sortit un micro d'une pochette de son sac d'ordinateur.

– Commençons par une porte qui grince. Dans le coin, ça ne manque pas, et on pourra monter le son et créer un écho pour rendre ça ultra-angoissant.

Pendant la bonne heure qui suivit, Amy n'eut aucun mal à éviter de penser à sa déception au sujet du projecteur. Eva et elle étaient complètement immergées dans leur mission, et inventèrent des effets sonores plus effrayants les uns que les autres à mixer ensemble. Le grincement de porte fonctionna à merveille une fois passé au ralenti avec le volume augmenté, et elles firent suivre un enregistrement des tennis d'Eva qui raclaient sur le plancher.

– Des chaînes qui s'entrechoquent ! Voilà ce qu'il nous faut.

Eva chercha sur le bureau et saisit un lourd coupe-papier en forme de dague. En le cognant contre l'un des immenses radiateurs, cela donnait une imitation très satisfaisante des chaînes d'un fantôme, mais elles durent s'y prendre à trois fois pour l'enregistrer, car les deux premières prises de son avaient capté leur fou rire.

– C'est trop bien, dit Amy. Et le vent qui s'engouffre dans une cheminée ?

Elle trouva une petite bouteille en verre laissée par l'un des enfants et s'essaya à y souffler doucement.

– Ouais, super ! dit Eva, qui rapprocha le micro. Et si on imitait des rats qui courent ?

Elle tenta de faire courir ses ongles sur le pavé numérique, penchant la tête pour écouter la version amplifiée.

– Ça me fiche les jetons, alors que je vois que c'est toi, s'écria Amy. Attends un peu qu'on essaie sur Callum : ce sera la vengeance parfaite !

Une fois qu'Eva se fut chargée de lisser les transitions dans les suites de sons ainsi que les niveaux du volume, elles avaient une bande-son de maison hantée complète.

– Voilà, nickel, dit-elle en se rasseyant, une expression satisfaite sur le visage. Maintenant, il faudrait l'essayer dans le passage secret.

– Oui. Je ne me fais pas trop de souci, mais ça ne peut pas faire de mal de tester le rendu pour nous entraîner, dit Amy, qui se leva et s'étira. De toute façon, on mérite d'être les premières à l'entendre, pour récompenser notre brillante créativité.

– Exactement, approuva Eva, qui l'imita. Si ce n'est pas assez fort, j'ai des haut-parleurs chez moi. Il faut vraiment que ça résonne au rez-de-chaussée.

Amy se tourna vers le bureau, où un faux flacon d'encre arborait une étiquette indiquant « Tourner ». La première fois qu'elle et Callum l'avaient vu, ils avaient pensé qu'il s'agissait d'un nom de marque. Avant que Callum ne disparaisse mystérieusement dans le dos d'Amy, ils n'avaient pas compris que c'était une instruction. Amy sourit pour elle-même en faisant pivoter le flacon.

Dans un grand craquement, l'étagère la plus proche du bureau s'écarta du mur. Comme d'habitude, Amy sentit son rythme cardiaque s'accélérer à l'ouverture du passage secret, qui semblait toujours promettre frissons et mystère. Les deux filles s'engagèrent dans l'obscurité aux odeurs de renfermé. Eva tenait son ordinateur portable et Amy tira la chaise de bureau derrière elle pour caler la porte. Mieux valait prendre des précautions, sachant que la première fois, Callum était resté enfermé là.

L'air était poussiéreux et un peu humide, et Eva éternua. Il n'y avait presque pas de lumière naturelle dans le passage, mis à part quelques rais qui filtraient par des lézardes dans le mur et par la porte ouverte. Elles avançaient lentement quand soudain...

– Oh ! s'exclama Amy.

Son pied avait heurté quelque chose. Eva lui saisit le bras dans la pénombre, lui évitant de tomber.

– Qu'est-ce que c'est ?

– Aucune idée, répondit Amy, le cœur battant. Quelque chose par terre. Tu peux éclairer avec l'écran ?

Eva rouvrit son ordinateur et toucha le pavé tactile, puis orienta la lumière vers les pieds d'Amy. C'était un sac à dos, dont les bretelles réfléchirent la lumière.

Amy s'accroupit à côté et regarda le motif des sequins sur une bretelle. Elle avait déjà vu ce sac quelque part... Bondissant sur ses pieds, elle déclara :

– C'est à Katy.

– Vraiment ? Tu es sûre ?

– Oui. Je n'ai vu personne d'autre à Foxwood avec un sac à dos à sequins comme ça. Je suis sûre que c'est le sien. Elle l'avait la première fois qu'on l'a vue.

– Mais qu'est-ce qu'il ferait là ? s'interrogea Eva, perplexe.

– Je ne sais pas, c'est bizarre. C'est comme si elle voulait cacher quelque chose.

Amy avait envie de résister à l'indiscrétion, mais le compartiment principal du sac n'était pas entièrement fermé.

– Tiens, avance un peu la lumière.

Eva s'agenouilla.

– On regarde ?

— C'est à moitié ouvert, et je vois quelque chose qui brille. Peut-être juste un autre sequin...

— À l'intérieur ? objecta Eva.

Enfin, Amy se décida à ouvrir franchement le sac à dos et à y mettre la main. Elle reconnut immédiatement la sensation sous ses doigts. Quand elle eut sorti l'objet, les deux filles se regardèrent, bouche bée.

— Qu'est-ce que c'est ? demanda Eva.

— Le crâne. Celui que j'ai trouvé au grenier avec Callum et Tanya. Katy a prétendu qu'il s'était effrité...

Elle regarda ses étranges yeux rubis miroitants. Le plâtre était certes un peu irrégulier et un coin de mâchoire était très légèrement abîmé, mais le crâne était toujours bien d'un seul tenant.

— Mais pourquoi est-elle allée raconter ça ?

— Alors là, j'en sais rien, fit Amy, incrédule.

Elles se regardèrent un instant.

— Tu crois qu'elle y cache d'autres choses ? finit par demander Eva.

— On devrait sans doute vérifier, dit Amy, prise d'un mauvais pressentiment.

Eva posa son ordinateur de sorte qu'il continue d'éclairer le sac. En fouillant plus loin, elle extirpa deux bombes de peinture. Quand elle ôta les capuchons, elle constata que les embouts étaient enduits de vert et de rouge d'une consistance visqueuse, comme si les bombes venaient juste d'être utilisées.

– Pas possible, souffla Eva, une bombe restée dans chaque main.

Amy secoua lentement la tête en tournant avec soin le crâne, faisant miroiter ses yeux à la faible lumière.

– Je ne sais pas de quoi il s'agit, mais en tout cas, il n'y a rien de surnaturel dans cette histoire.

Eva reposa doucement les bombes dans le sac à dos, referma celui-ci et le mit sur son dos.

– On dirait bien qu'on n'est pas les seules à faire des farces pour Halloween. Mais j'ai l'impression que celle-ci ne va pas être drôle...

13

– Mais à qui appartient cette tête de mort, d'abord ? demanda Eva.

De retour à la bibliothèque, les deux filles refermèrent la porte et époussetèrent leurs vêtements.

– À l'hôtel Summertime, en fait. Ça fait partie des affaires descendues du grenier pour la vente. Quand Katy a dit qu'elle s'était cassée entre ses doigts, je n'ai pas réfléchi davantage, parce qu'on avait tellement d'autres trucs à nettoyer...

– Si elle l'aimait tant que ça, elle aurait pu l'acheter elle-même, non ? dit Eva.

– Je suis bien d'accord ! Et je ne vois pas du tout ce qu'elle...

Amy s'interrompit en entendant son téléphone vibrer et lancer sa sonnerie R&B. Elle le sortit et regarda qui appelait.

– Coucou, Pat.

– Amy ? Dis-moi, je ne comprends pas bien. Je viens d'écouter un message très étrange de Mme Richards. Tu sais, la mère de Lucas ?

— Ah, oui...

Amy se sentit très mal à l'aise, tout à coup.

— Elle avait l'air de penser que Lucas est chez nous, à Apple Cottage.

Une perplexité bien compréhensible transparaissait dans la voix de Pat.

— Évidemment, je lui ai dit qu'il n'en était rien, poursuivit-elle.

— Oh, fit Amy en se mordant la lèvre.

— Je ne comprends pas pourquoi il lui a raconté ça, mais la pauvre femme s'est mise à paniquer, ce qui n'est pas surprenant. Amy, est-ce que tu sais où il pourrait être ?

— Oui, avoua Amy, qui fit passer le téléphone à son autre oreille. Je sais où il est depuis le début. Je vais lui en parler.

— Ah, oui, s'il te plaît. Bon, je suis contente qu'il aille bien et que tu saches où il se trouve, mais ce n'est pas normal, d'inquiéter ses parents comme ça. Qu'est-ce qui lui a pris ?

— Je lui dirai, Pat, promis. Je sais où le trouver, affirma Amy avant de couper son téléphone.

— Qu'est-ce qui se passe ? demanda Eva.

— Lucas va avoir des ennuis.

Amy réfléchit. Elle avait promis de garder son secret, mais si ses parents étaient assez inquiets pour appeler Pat, cela ne rimait plus à rien.

– Il dort à l'hôtel depuis plusieurs jours, et il n'en avait parlé à personne.

– Ah bon ? dit Eva, qui fit la grimace. Moi aussi, si j'avais Lorena Richards comme mère, je voudrais m'échapper, parfois. Mais bon, pas étonnant qu'elle flippe.

– Tout à fait. Je ne sais même pas pourquoi il ne dort pas chez lui, mais, là, ça suffit. Quoi qu'on pense de ses parents, il n'a pas à leur faire des peurs comme ça. Je lui avais transmis le message de charger son téléphone, et même ça, il n'a pas dû le faire.

– Là, c'est grave. Il refuse de leur parler ? s'étonna Eva.

– Allez, il faut qu'on le trouve. Ça a assez duré.

Amy mena la marche jusqu'à la chambre 234 du deuxième étage et tapa doucement à la porte. Pas de réponse. Elle lança un coup d'œil à Eva.

– Entre, il est peut-être endormi, suggéra Eva.

– À cette heure ?

Amy avait des doutes, mais elle tourna la poignée et ouvrit en grand.

– Lucas ?

Elle écarta les rideaux pour faire entrer le jour, et dut faire face à une déception. Hormis un couvre-lit froissé et quelques emballages dans la corbeille à papier, il n'y avait pas trace de Lucas.

Disparus les vêtements et le sac de couchage, tout comme sa brosse à dents à côté du lavabo. D'ailleurs, il avait laissé la vasque sale, mais Lucas Richards n'avait probablement jamais nettoyé un lavabo de sa vie.

– Il était ici il n'y a pas longtemps, remarqua Eva, qui touchait du doigt le robinet d'eau chaude. Il est peut-être retourné chez ses parents.

Amy se sentit assaillie par l'anxiété.

– Ça m'étonnerait, vu la façon dont il en parlait hier. Et Mme Richards venait juste de téléphoner à Pat pour dire qu'elle ne savait pas où il était.

Amy ressortit dans le couloir et se mit à l'appeler.

– Il a aussi pu changer de chambre ? suggéra Eva. C'est peut-être ce que fait Lucas Richards une fois que sa chambre est trop sale : il en prend une autre. Allez, on va regarder.

– Oui, mais ça prendra des heures, soupira Amy. Tu sais bien que c'est immense, ici.

– Lucas ! appela à son tour Eva. Lu-cas !

– Je vais appeler Callum, décida Amy, qui trouva son nom dans sa liste de contacts. Allô, Callum ?

– Amy ? répondit celui-ci, d'un ton amical mais étonné. Tout va bien ?

– Vous êtes encore à la salle des fêtes ?

– Je viens de partir avec Tanya, et on se dirige vers l'hôtel. Pourquoi ?

– En fait... Je pense que Lucas fait une fugue. Il est peut-être au Summertime, parce qu'il y dort depuis quelques nuits, mais il a quitté sa chambre. L'endroit ne manque pas de cachettes, et sa mère est inquiète. Elle a même appelé Pat.

– On arrive tout de suite, annonça Callum. On va t'aider à le retrouver.

Sa voix décidée était rassurante et il n'émit aucun commentaire sur le fait qu'Amy leur ait caché le séjour de Lucas à l'hôtel.

– Katy doit toujours être à la salle, je retourne la chercher. Plus on est nombreux, plus on a de chances.

Amy repensa à la tête de mort dissimulée dans le sac à dos.

– Euh... écoute, tu veux bien ne rien dire à Katy pour l'instant ?

– Mais...

– Je vous explique tout à l'heure, d'accord ?

Après un instant de silence, Callum répondit :

– D'accord, pas de souci. On arrive d'ici cinq minutes, t'inquiète.

Amy raccrocha et Eva reprit le sac de Katy sur une épaule.

– Bon. Commençons les recherches.

Elles n'avaient pas encore passé en revue la moitié des chambres du deuxième étage qu'Amy entendit la grande porte d'entrée en bas.

— Les voilà, dit-elle avec soulagement en se dirigeant vers le bout du couloir. Callum ?

La voix du garçon s'éleva dans la cage d'escalier.

— Oui, c'est nous.

Amy et Eva allèrent retrouver leurs amis à la réception et ils se regardèrent tous un moment.

— Alors comme ça, Lucas a disparu ? dit Tanya, qui retira son blouson et replia les bras. Bizarrement, je ne suis pas étonnée, vu ses derniers agissements.

« Oh non, ça ne va pas recommencer », pensa Amy. Elle essaya de trouver une façon de répondre qui ne dégénère pas à nouveau en dispute, mais alors qu'elle ouvrait la bouche, Callum la devança :

— Tanya ne parle pas du projecteur. Elle veut dire au village. Vous avez vu en venant ?

— Ben, non, répondit Eva. Qu'est-ce qui s'est passé ?

Avec un soupir, Callum expliqua :

— Le trottoir devant le café a été couvert de graffitis. Et le mur de la boucherie aussi. Vraiment pas joli, et ce ne sont que des attaques contre le festival.

— Quoi ? s'exclamèrent en chœur Amy et Eva.

— Je vous assure. « FANS DE MONK, DÉBARRASSEZ LE PLANCHER », « MONK, ON TE HAIT », « MONK, ÇA PUE », que des choses dans ce style.

— Alors là ! fit Amy. Mais personne dans le village n'irait faire ça. C'est n'importe quoi. Le festival amène plein de touristes, et ça marche très bien.

— En plus, les habitants de Foxwood aiment autant le festival que ceux qui viennent de loin pour y assister, ajouta Eva. Même Lucas, je ne l'imagine pas faire un truc pareil.

— Ah bon ? fit Tanya avec morgue. Pourtant, c'est du Lucas dans le texte. Il n'en a rien à faire du village, à part pour dire que son affreux de père y possède presque tout. Et on sait tous qu'il tague, il est connu pour ça !

Amy ne savait pas quoi dire. Lucas avait la main leste dans ce domaine, c'était vrai. Dans ses bons moments, cela pouvait avoir de beaux résultats, comme sa fresque pour l'abri de jardin, mais d'un autre côté... Était-il possible qu'il se soit défoulé, par colère qu'on l'ait accusé d'avoir détruit le projecteur ?

Amy n'avait vraiment pas envie de causer une nouvelle escarmouche avec Tanya.

— Eh bien, on ferait mieux de le trouver pour lui demander.

— Je n'arrive pas à croire que tu veuilles encore l'aider, s'énerva Tanya. C'est évident qu'il est coupable.

— On a trouvé quelque chose qui pourrait te faire changer d'avis, objecta Eva, qui leur présenta le sac à dos. Regardez ce qu'il y avait dans le passage secret qui part de la bibliothèque.

Amy poussa une exclamation. Focalisée sur la réapparition du crâne et la disparition de Lucas, elle avait occulté un certain détail.

– Les bombes ! C'est vrai !

Avant que Tanya puisse prendre le sac à dos, Amy l'ouvrit et fouilla à l'intérieur.

– C'est à Katy.

– Et alors ? dit Tanya d'un air méfiant.

– Et alors, voilà ce qu'il y avait dedans.

Amy posa les bombes de peinture sur le carrelage, l'une après l'autre, puis elle extirpa la tête de mort, qu'elle brandit sous leurs yeux. Callum et Tanya la regardèrent avec incrédulité.

– Katy nous avait dit qu'elle s'était cassée, protesta Callum. Tu es sûre que c'est son sac à dos ?

Encore abasourdie, Tanya hocha la tête.

– Je me rappelle, j'avais trouvé les sequins sur les bretelles cool quand on l'avait aidée à porter ses livres.

Elle se baissa pour regarder le crâne.

– Mais pourquoi ? Enfin, que vient faire la tête de mort là-dedans ?

– Je ne sais pas, dit Amy d'un ton lugubre, mais ça prouve une chose : Katy est une menteuse.

Les yeux noyés de déception, Callum ramassa les bombes de peinture.

— Regarde, rouge et vert. Comme les graffitis au village.

Amy hésita pendant que Callum et Tanya regardaient les preuves avec consternation.

— Et le truc, finit-elle par ajouter, c'est que si Katy est prête à faire des graffitis dans le village...

— Elle est aussi tout à fait capable de détruire un projecteur, compléta Callum qui se releva d'un bond, les poings serrés.

Tanya avait pâli, mais secouait la tête.

— Impossible. Elle n'a pas eu l'occasion. Elle m'a dit qu'elle s'entraînait au piano avec Eva, ce soir-là.

— Ah, non, elle n'y était pas, répondit Eva, l'expression sombre. Elle n'est jamais venue chez moi le soir. Et sûrement pas... c'était mercredi ? Après la fois où vous êtes passés, elle est partie, et c'était aux alentours de midi. Elle ment. Encore une fois.

Ces derniers mots furent prononcés dans un murmure, et pendant un long silence, ils se regardèrent tous avec une horreur grandissante.

— C'est pas vrai, se désola Callum, maintenant aussi blanc que Tanya.

Il remonta ses lunettes sur son nez et s'humecta les lèvres.

— Je crois qu'on a vraiment commis une grosse erreur.

— Moi aussi, murmura Tanya, les yeux au sol. Mais elle nous avait dit... Oh non, et je l'ai crue...

— Bon, se força à dire Amy avec une grande inspiration. Vous n'aviez aucune raison de ne pas la croire. On l'a tous crue.

— Ce n'est pas une excuse, persista Tanya, l'air malheureux comme les pierres. Je n'arrive pas à croire que j'aie pu te parler comme ça, Amy. Je suis désolée. J'étais tellement certaine que Lucas était le responsable, et que tu refusais de le reconnaître. Mais je me trompais.

— Pareil pour moi, intervint Callum. Désolé, Amy, tu avais raison. On était persuadés...

— C'est la faute de Katy, pas la vôtre, rappela Eva avec colère.

— Pourtant, elle est sympa, dit Tanya, perdue.

— Je pensais qu'elle nous aimait bien, ajouta Callum, l'air dépité.

— Mais pourquoi ? s'étonna Tanya. Quelle raison pourrait-elle avoir, alors qu'on voulait juste être gentils avec elle ?

— Va savoir, répondit Callum, maussade. Mais on n'aurait pas dû la croire aussi vite, et sans écouter Amy.

Il passa la main dans ses cheveux noirs, se décoiffant encore plus.

– Ça n'a plus d'importance, dit aussitôt Amy.

Elle était submergée par le soulagement. Elle avait eu si peur que Tanya et Callum ne continuent à lui faire la tête qu'elle était bien contente que tout soit enfin réglé.

Ou plutôt, presque.

– Par contre, sans vouloir insister, ce n'est pas à moi qu'il faut présenter des excuses.

Amy fit tourner la tête de mort entre ses mains, puis la remit avec précaution dans le sac à dos.

– C'est vrai, admit Callum, qui serrait et desserrait les poings. Il faut qu'on demande pardon à Lucas, Tanya. On l'a accusé à tort.

– Ça pourra venir plus tard, dit Amy en prenant le sac à dos sur une épaule. Il faut déjà qu'on le retrouve.

14

– Bon, on peut être sûrs qu'il n'est pas dans l'hôtel, décréta Tanya en fermant la porte de la dernière chambre. Je parierais mon appareil photo de collection dessus.

En plus d'avoir l'air coupable, elle semblait désormais inquiète.

– Essayons au village. On va essayer de fouiller autant que possible le chemin entre l'hôtel et sa maison, proposa Amy. Si on ne le voit pas, on apercevra peut-être son skate.

– Ou on l'entendra, ajouta Callum.

Ils descendirent le majestueux escalier et se dirigèrent vers la porte d'entrée. Miné, Callum jeta un regard à Amy.

– J'ai la sale impression que c'est à cause de nous qu'il a fugué. On lui a fait passer un mauvais quart d'heure à cause du projecteur, alors que ce n'était même pas sa faute.

– Ça n'a sans doute pas aidé, concéda Amy, mais je pense que ce n'est pas tout. En plus, moi aussi, je l'ai jeté la dernière fois que je l'ai vu. Vous n'êtes pas les seuls responsables.

Tanya lui envoya un regard reconnaissant.

– Bon, il n'y a plus qu'à espérer le trouver. Au moins, c'est Foxwood et pas Londres.

Le village était peut-être petit, mais ils ne trouvèrent Lucas nulle part. Ils passèrent au peigne fin les ruelles qui partaient de la route principale et cherchèrent sur la place et dans les magasins autour, mais ni skateboard ni Lucas n'étaient en vue. Au bout d'une heure, ils avaient atteint Apple Cottage aux abords du village, mais sans plus de résultat.

– On croirait qu'il s'est évaporé, s'exclama Tanya avec un geste d'impuissance. Ou qu'il a été enlevé par des extra-terrestres.

Amy savait que ce ton exaspéré ne servait qu'à masquer son abattement.

– Si on prenait à travers champs ? Ça nous amène au domaine du Nouveau Manoir. De toute façon, il vaut mieux informer les parents de Lucas de ce qu'on sait, et leur dire qu'on a essayé de le trouver. Cela pourrait leur donner d'autres idées des endroits où il peut s'être réfugié.

Le domaine prétendument agricole du Nouveau Manoir ne ressemblait guère à une ferme ; il semblait même mal placé dans la campagne. La maison de Lucas était une immense bâtisse en U donnant sur une cour pavée si impeccablement propre qu'on aurait dit qu'elle était nettoyée au jet tous les matins. D'ailleurs, Amy n'aurait été qu'à moitié surprise que ce soit réellement le cas. Les volets roulants de l'énorme garage étaient ouverts, révélant un 4 × 4 brillant et étonnamment impeccable et une voiture de sport jaune. Seule la Mercedes noire de M. Richards était absente. Des haies taillées de façon géométrique couraient le long de la pelouse et des potées de fleurs d'automne étaient disposées dans une exacte symétrie devant la porte d'entrée.

Amy respira un bon coup avant de sonner. Le carillon résonna au loin dans l'immense demeure et il fallut attendre une minute avant que la porte ne s'ouvre.

— Qu'est-ce que c'est ? demanda Carissa Richards.

La sœur de Lucas, plus âgée que lui, n'avait pas l'air de beaucoup s'inquiéter de la disparition de son frère. Vêtue d'un petit haut et d'un jean blanc ultra-moulant qui paraissaient aussi neufs que la maison, elle mâchait un gros chewing-gum bleu fluo. Elle regarda Amy sans aménité.

– Bonjour, Carissa. On venait voir tes parents. Est-ce qu'ils sont... ?

L'adolescente haussa les épaules.

– Toujours pas de signe de Lucas ? Ça devient lassant.

Sans inviter les amis à entrer, elle tourna la tête vers l'intérieur et cria :

– Maman !

Mme Richards arriva d'un pas précipité. Elle, au moins, avait l'air de s'en faire, pensa Amy. Malgré son animosité envers elle, elle ressentit de la compassion.

– Amy Gordon, c'est ça ? Tu as des nouvelles de Lucas ?

Mme Richards regarda ensuite Tanya, puis Callum et Eva.

– Et vous autres ?

– Pas pour l'instant, madame Richards, je suis désolée, avoua Amy, gênée. Je sais qu'il a dormi quelques nuits à l'hôtel Summertime, mais il n'y est plus. On l'a cherché dans tout Foxwood.

Mme Richards la regarda sans bouger, puis reprit une respiration saccadée.

– Espèce d'idiote ! Il était dans cet hôtel minable, et tu ne nous as rien dit ?

– Je ne pensais pas...

— Comment as-tu pu faire ça ? s'écria Mme Richards en montant d'une octave, presque hystérique. Tu savais qu'il était là depuis des jours, et tu n'as pas jugé bon d'en avertir sa famille. On est morts d'inquiétude ! Il nous avait dit qu'il était chez ta grand-mère, ajouta-t-elle avec un regard haineux pour Tanya. Mon mari est en train de parcourir le village en voiture pour le chercher. Et dire que vous auriez pu nous en parler, depuis tout ce temps !

Amy était trop choquée pour prononcer un mot. Mme Richards n'avait pas tort, mais elle avait promis à Lucas de garder son escapade pour elle...

— C'est un comportement impardonnable ! reprit Mme Richards. Et maintenant, vous n'avez aucune idée d'où il se trouve !

— Dites donc, attendez un peu, protesta Callum qui s'avança, protecteur, devant Amy. Amy a été la seule à remarquer que quelque chose clochait chez Lucas, et ça fait des jours ! C'est la seule personne à s'être préoccupée de lui. Maintenant, elle le cherche, et vous ne pouvez pas en dire autant !

— Il faut bien que quelqu'un reste là, au cas où il rentrerait ! s'écria Mme Richards, tremblante d'indignation.

– L'une de vous deux suffirait, fit remarquer Callum. Mais ne vous inquiétez pas, on va le retrouver, votre fils, et vous pourrez lui demander ce qui ne va pas. Parce que manifestement, il y a quelque chose, et ce n'est pas vous qui l'avez remarqué. C'est Amy !

Prenant son amie par la main, il décréta :

– Venez, il reste des endroits où on n'a pas regardé.

Ils retournèrent sur la route, et Amy n'osa pas regarder en arrière.

– Franchement, déclara Eva en refermant le portail blanc, je crois que je commence à comprendre pourquoi Lucas a fugué.

– En tout cas, elles avaient l'air de s'en faire, dit Callum alors qu'ils reprenaient le chemin du village.

– Moi aussi, déclara Amy, qui se sentait toujours coupable.

« J'aurais pu l'arrêter. Je croyais l'aider, mais en fait, je ne lui ai peut-être pas rendu service... »

– Il va bientôt faire noir. On devrait avertir les autres et leur demander de l'aide.

– C'est clair, approuva Callum en sortant son téléphone. Je m'occupe des jumelles, et j'appelle aussi Mark. Il est toujours réactif en cas de crise. Eva, vois si tu peux avoir Oscar.

– Et j'envoie un message à Jack et à Tom, compléta Amy.

Elle s'arrêta. Ils passaient juste à côté de la boucherie.

– Ah, je vois ce que vous voulez dire, pour les graffitis.

– Affreux, non ? dit Tanya en plissant le nez. Ça fait mal aux yeux tellement c'est moche.

– Exactement.

Amy regarda le « FANS DE MONK, DÉBARRASSEZ LE PLANCHER » et ajouta :

– Lucas a un vrai talent avec une bombe de peinture. Pensez à la fresque au Summertime ! Là, ça a coulé de partout. Lucas se débrouillerait mieux que ça avec les pieds ! Pas moyen que ce soit lui.

– Tu l'as dit, reconnut Callum, l'air coupable. Mais je me demande si Katy était au courant que Lucas était le roi du tag ?

– Ça pourrait être pour ça qu'elle a choisi de faire des graffitis, appuya Tanya, les dents serrées. Pour le faire accuser.

– Regardez, voilà Olivia et Chloé. Et elles accompagnent Ellie !

– Jack et Oscar arrivent, annonça Chloé en les rejoignant, brandissant sa lampe de poche. Mark aussi. On commence par où ?

Elle aussi armée d'une lampe torche, Ellie en donna une supplémentaire à Amy.

– Lucas n'est pas mon meilleur copain, dit-elle avec sérieux, mais on ne peut pas l'abandonner.

– Vous êtes super.

Amy se sentit rassurée, notamment quand elle vit d'autres amis approcher.

– Il vaudrait mieux se séparer par groupes, vous ne pensez pas ? Comme ça, on pourra vraiment ratisser tout le village.

– Et ce sera beaucoup plus fouillé que M. Richards en Merco, ajouta Callum, dédaigneux. Ses jambes ne fonctionnent pas, ou quoi ?

– Bon, dit Eva en s'avançant, gênée. Écoutez, je suis vraiment confuse, mais je dois partir.

Surprise, Amy constata qu'elle avait l'air épuisé.

– Allez, c'est pas grave. On est nombreux, maintenant. Ne t'en fais pas.

– Non, je m'en veux, insista Eva en se tordant les mains. C'est que... il faut encore que je répète, l'examen est demain. Je ne peux pas passer la soirée à chercher Lucas, mais j'aurais tellement voulu vous aider !

– Eva, fit Amy en lui pressant la main. Tu n'as pas à t'en faire. Tu as tellement de choses en cours, en ce moment ! Et tu nous as aidés cet après-midi. Pour tout t'avouer, tu as l'air d'avoir besoin de sommeil encore plus que d'entraînement au piano.

– Dormir ! J'aimerais bien ! soupira Eva. En tout cas, il faut que j'y aille.

– Arrête de t'excuser, dit Callum en lui tapotant l'épaule. On comprend ! Et Amy a raison, on n'est pas seuls.

« Pauvre Eva », pensa Amy en la regardant retourner chez elle, abattue. Elle ne disposait pas de beaucoup de temps pour faire ce qu'elle voulait.

En tout cas, il fallait se remettre aux recherches. Les autres se séparèrent et Tanya, Callum et Amy restèrent ensemble.

– On commence où ? demanda Tanya.

– On n'a qu'à demander aux gens, proposa Amy. Il y a beaucoup de touristes dans le coin, quelqu'un l'aura forcément vu.

En fin de compte, ce n'était pas si forcé que ça. Soit les touristes venus pour Monk étaient si obsédés par leur héros qu'ils portaient des œillères, soit Lucas avait vraiment disparu de la surface de la Terre.

– Il est blond, expliqua Amy à un septième couple. Il était peut-être sur un skate...

L'homme fit un signe négatif de la tête et tira sur sa moustache soignée à la Monk.

– Désolé. Je n'ai vu personne qui ressemblait à ça.

– Essayez peut-être le vieil hôtel par là-bas, du côté des hêtres ? suggéra la femme. Il paraît que beaucoup de jeunes s'y retrouvent.

– Merci, répondit Amy en s'obligeant à la patience.

Elle se tourna vers trois jeunes hommes.

– Excusez-moi, je cherche un ami, vous l'auriez peut-être aperçu...

Callum traversa le parc en lui faisant part de son échec.

– J'ai demandé à une vingtaine de personnes. Je pense qu'ils ne remarqueraient quelqu'un que s'il était en noir et blanc et habillé d'une cape.

– Et qu'il parlait par cartons interposés, ajouta Tanya d'un ton dépité en les rejoignant. Je n'ai aucune piste non plus.

Le visage de Callum s'éclaira.

– Ah ! Voilà Lottie et Edward qui sortent de la supérette. Ils auront peut-être vu Lucas.

– Oui, et ils seront prêts à aider, approuva Tanya, qui leur fit de grands signes. Lottie ! Edward !

Ceux-ci se tournèrent vers eux en souriant et traversèrent pour les rejoindre dans le parc.

— Qu'est-ce qui se passe, aujourd'hui ? s'informa Lottie. Je vois des jeunes de l'hôtel partout dans le village.

— C'est Lucas, lui expliqua Tanya. Il a disparu, et tout le monde essaie de le retrouver.

— Il a dormi quelques jours au Summertime, mais aujourd'hui, il n'y était plus, expliqua Amy.

— Bon, effectivement, c'est préoccupant, dit Lottie. Mais il ne peut pas être parti bien loin.

— Ça ne fait pas longtemps qu'on l'a vu, ajouta Edward. Il y a une heure, à peu près ?

— C'est vrai ? s'exclama Amy, soulagée. Où ça ?

— Au salon de thé. On allait fermer pour la soirée, et il est arrivé à la dernière minute. On était bien contents, parce qu'il nous a acheté presque tout ce qui nous restait !

— Vraiment ? dit Tanya, qui regardait de l'un à l'autre.

— Oh, oui. Des sandwichs, des chips, des muffins, une moitié de cake et une grande bouteille de jus de fruits, énuméra Edward en comptant sur ses doigts. Oui, je crois que c'est tout, dit-il, les yeux pétillants.

— Il doit camper quelque part, déduisit Callum. Sinon, pourquoi aurait-il fait de telles provisions ?

— Ça expliquerait pourquoi on ne le trouve nulle part à Foxwood, ajouta Amy.

– Alors personne ne le retrouve ? demanda Lottie, plus inquiète, tout à coup. La nuit tombe tôt, à cette saison. Je n'aime pas le savoir dehors. Quelle idée, franchement ! Il n'a pas d'ennuis avec ses parents, j'espère ?

– Peut-être plus maintenant.

Sur une impulsion, Amy embrassa la vieille dame, avant de se retourner vers Tanya et Callum.

– Allez, il faut se mettre sur sa piste. Il ne peut pas avoir fait beaucoup de chemin, en une heure !

15

Amy éclaira entre les troncs d'arbre. La nuit était complètement tombée désormais, et l'obscurité des bois semblait impénétrable. De plus, la température avait chuté en même temps, et l'air était maintenant très frais. Amy remonta la fermeture Éclair de son blouson, regrettant de ne pas avoir pris d'écharpe. Lucas n'allait quand même pas rester dehors par une nuit pareille ? À moins que ses parents ne lui aient payé une tente avec chauffage central.

« Non, se reprit-elle, pas de méchancetés ! » Pour choisir de camper dans ces conditions plutôt que de rentrer chez lui, Lucas devait être dans tous ses états.

— Lucas ! appela-t-elle encore une fois.

Toujours pas de réponse. Amy ne savait même pas jusqu'où s'étendaient les bois à l'arrière de l'hôtel Summertime, mais leur groupe s'était déjà aventuré assez loin, et elle avait peur qu'ils ne se perdent. Elle trouvait difficile de se repérer parmi les arbres touffus. Toutes les directions paraissaient semblables. Le faisceau de la lampe empruntée à Ellie vacilla légèrement et elle déglutit avec peine. L'idée que les piles des lampes et les batteries des téléphones puissent arriver à bout ne lui plaisait pas du tout.

« Que doit ressentir Lucas, qui est tout seul ? » Amy serra les dents et s'avança plus loin.

– Lucas ! cria Callum à quelques mètres de là. Luuu-cas !

– C'est sans espoir, soupira Tanya. Il aura du mal à nous entendre. Les arbres sont tellement denses que ça doit étouffer les sons. Ça fait des heures qu'on cherche, Amy.

Elle pressa avec compassion le bras de sa demi-sœur, qui se voûtait sous l'effet de la fatigue.

– Je m'en veux trop, où pourrait-il...

– Attendez, dit Callum en s'arrêtant net. Il me semble avoir vu quelque chose.

– Où ça ?

Les filles se précipitèrent à côté de lui.

– Par là, à gauche. J'ai cru voir de la lumière.

– Une lampe de poche ? demanda Amy avec espoir, brandissant la sienne pour éclairer l'obscurité.

– Plutôt un écran de téléphone. Très faible. Allons-y !

Callum se mit à trottiner devant, orientant le faisceau de sa torche au sol pour ne pas trébucher. Heureusement qu'il était plus habitué qu'elles à la vie à la campagne. Amy et Tanya suivirent plus lentement, évitant les branches et marchant soigneusement entre les buissons et les branchettes tombées à terre.

Amy aperçut la lumière à son tour. Callum était entouré d'un très faible halo et quand elle l'entendit pousser une exclamation, elle se mit à courir.

Dans une petite clairière, assise contre un tronc d'arbre, se trouvait une silhouette sombre qui tapotait un écran de téléphone...

– Lucas ! s'écria Amy, qui avait rattrapé Callum et entra dans la clairière d'un pas mal assuré.

Lucas les regarda, enveloppé dans son sac de couchage. Les cheveux sales et en bataille, il affichait une expression indécise et méfiante.

– Qu'est-ce que vous faites là ?

Amy s'avança vers lui.

– Enfin, on te trouve ! Pourquoi tu es aussi loin de tout ?

Lucas regarda son emplacement de camping improvisé. Des papiers d'emballage étaient en attente dans un trou à côté d'un arbre et la bouteille de jus à moitié vide était appuyée contre son tronc.

– Je dors là, répondit-il avec un haussement d'épaules.

Amy croisa les bras et le foudroya du regard, tandis que Callum et Tanya éclairaient son visage.

– Mais tu es fou ? À cette saison ? On s'inquiétait !

Un peu surpris, Lucas entrouvrit la bouche.

– C'est vrai ?

– Mais bien sûr ! Et tes parents sont morts d'inquiétude !

– Ça m'étonnerait, dit-il en se renfrognant.

– Eh bien, si ! Ton père sillonne Foxwood en voiture et ta mère est dans tous ses états.

Amy s'attendait à ce qu'il soit déconfit, mais, au contraire, une lueur d'espoir s'alluma dans ses yeux bleus.

– Ils me cherchent vraiment ?

– Oui ! lui assura Amy, exaspérée. Si tu ne reparais pas, ils vont bientôt appeler la police. La moitié des jeunes de l'hôtel Summertime sont aussi en train de te chercher, figure-toi !

– Oh.

Là aussi, il fut étonné, mais pas mécontent. Pendant un moment de silence, il assimila la nouvelle. Amy, elle aussi, réfléchissait. « Il avait envie de manquer à quelqu'un... Ce n'est peut-être rien de plus. »

Callum se racla la gorge et remonta ses lunettes sur son nez.

— Lucas, j'ai quelque chose à te dire.

Il regarda à terre, puis vers le garçon toujours dans son sac de couchage.

— Je suis vraiment désolé. Pour le projecteur. Je sais que tu ne l'as pas cassé. On sait tous.

Lucas haussa les sourcils.

— Moi aussi, je suis désolée, ajouta aussitôt Tanya. On a tiré des conclusions un peu vite.

— C'est ça, dit Callum d'un air sombre. On t'a accusé, alors que c'était sans doute Katy. Ou plutôt, c'est elle, sans aucun doute.

Lucas contracta la mâchoire, et Amy eut l'impression qu'il retenait une repartie mordante. Du moins réussit-il à se refréner.

— D'accord. J'accepte vos excuses. Merci.

Il s'extirpa de son duvet et se leva en s'étirant.

— Je devrais rentrer chez moi, alors.

— Oui, vraiment, lui dit Amy avec sévérité. Il aurait bien fallu que ça se termine comme ça, non ?

— Oh, oui, fit Lucas d'un ton dégagé. Je faisais un genre... d'expérience.

Il s'assombrit et ajouta :

– Tu vois, je testais ce qu'ils en pensent quand je ne suis pas là.

Amy regarda ses yeux fixés sur l'obscurité des arbres. « Alors c'est ça qui l'énervait tant... »

– Comme si tu étais en pension, tu veux dire.

Il racla le pied sur le sol et fit voler des feuilles.

– Oui, c'est ce que je veux dire.

– Tu devrais leur en parler, dit Amy doucement. Dire à tes parents que tu ne veux pas y aller.

– Tu comprends pas, rétorqua-t-il, amer. Je n'ai pas le choix.

– Mais pourquoi ? insista Tanya. Ils ne peuvent pas t'obliger à faire quelque chose que tu refuses.

– Oh si. Je récolte des notes vraiment mauvaises, à l'école. J'ai loupé un ou deux devoirs, et papa dit que je risque de redoubler si je veux « le rejoindre dans l'entreprise familiale ». Ah, et Haddon Hall a des « résultats exceptionnels dans le domaine sportif », ajouta-t-il, imitant encore la voix de son père. « Les résultats parlent d'eux-mêmes, Lucas. » Pourtant, ils trouvent quand même quelque chose à rajouter...

Bien que furieuse envers Lucas, Amy ne put réprimer un sourire. Pourquoi ses parents ne s'occupaient-ils pas eux-mêmes de lui ? Quitte à payer un prof particulier, s'il le fallait ? Ce n'était pas une question de moyens. Ils ne voulaient pas qu'il reste auprès d'eux, ou quoi ? « Pauvre Lucas, se dit-elle. Pas étonnant qu'il se soit enfui. »

— Tu devrais leur en parler, suggéra-t-elle. Ils ne s'imaginent peut-être pas ce que tu ressens.

En tout cas, elle espérait que c'était tout.

— Tu as essayé de leur dire ?

— En fait, non, avoua-t-il de mauvaise grâce. Ils pensent que je suis trop content d'y aller. S'ils comprennent, ils vont être déçus.

— Je parie que non, intervint Tanya. Peut-être même qu'ils seront soulagés. Tu n'en sais rien.

Il afficha une mine sceptique, mais répondit :

— Bon, je leur parlerai. Même si ça ne sert à rien.

— Ce sera forcément mieux que de dormir ici, dit Callum, qui plissa le nez et essaya d'expirer un petit coup. Regardez, je vois mon propre souffle.

— Je n'allais pas vraiment dormir ici, fit Lucas avec mépris.

Amy se retint de sourire à nouveau. « Bien sûr que si, mais tu veux garder ta fierté... »

Lucas ramassa son duvet et le secoua dans leur direction.

— Et de toute façon, c'est de l'équipement au top, vous savez. Le plus coûteux des isolants qui se trouve, recommandé par les alpinistes de l'Everest.

Mais il affichait un sourire goguenard.

Amy le lui rendit. Si Lucas se moquait de lui-même, il devait vraiment se sentir mieux.

– Envoie un message à tes parents pour leur dire que tu rentres au village, recommanda-t-elle. Nous, on prévient les autres qu'ils peuvent arrêter les recherches.

– À condition qu'on arrive à retourner sur nos pas, rappela Callum. Sinon, on sera tous perdus.

– Pas de souci, je connais bien ce coin, leur assura Lucas avec une trace de sa vantardise passée. Par ici.

Une fois qu'il eut rassemblé ses affaires et mis ses déchets dans un sac en plastique, ils repartirent tous dans les bois. Heureusement que Lucas savait où il allait, car Amy n'aurait pu distinguer un arbre d'un autre. Elle se serait perdue en un rien de temps. Ils marchèrent en silence, jusqu'au moment où Tanya poussa une exclamation aiguë.

– Pourquoi je n'ai pas emporté mon appareil photo ? s'écria-t-elle en pianotant sur son téléphone, tout excitée. Il faudra que ça suffise.

Elle se baissa et prit plusieurs clichés de quelque chose à terre pendant qu'ils se regroupaient autour d'elle.

– C'est quoi ? demanda Callum.

Lucas poussa un glapissement effrayé et fit un bond en arrière. Tremblant, il regardait le sol avec de grands yeux. Tanya rit en se redressant.

— C'est une couleuvre, Lucas ! Ça ne pique pas ! De toute façon, elle est déjà partie.

— Oui, ben... (Il déplaça son sac à dos sur l'autre épaule, l'air gêné.) J'ai pas peur. C'est juste... C'est une petite branche qui m'a heurté la jambe, j'ai cru m'être fait piquer.

Amy sourit. Alors comme ça, Lucas avait peur des serpents ? Il se révélait bien plus sensible qu'on ne l'aurait cru.

Quand ils retrouvèrent les barrières qui séparaient les bois du village, tous les autres enfants avaient reçu leurs messages et abandonné leurs recherches. Ils étaient rassemblés au parc, et Oscar poussa un cri de victoire en voyant les sauveteurs revenir avec Lucas. Ils franchirent les derniers mètres sous les acclamations.

— Vous avez retrouvé la brebis égarée ! rigola Mark.

Tandis que les autres applaudissaient, Lucas s'arrêta pour esquisser une élégante révérence.

— Merci, merci. Pour les fans, je suis là toute la semaine.

— Je savais bien qu'on regretterait de l'avoir cherché ! cria Mark, qui fit rire tout le monde.

Tout le monde, à l'exception des parents de Lucas. Mme Richards s'élança vers lui, des larmes sur les joues, et l'étreignit en criant son nom. Même son père lui tapota les épaules avec un air incroyablement ému.

– Lucas, tu as fait une sacrée peur à ta mère, dit-il d'un ton bourru. C'est bien de te revoir parmi nous.

Amy échangea un regard entendu avec Callum. M. Richards escorta son fils vers sa belle Mercedes, déposa son sac de couchage dans le coffre et s'installa au volant sans un mot de plus. Évidemment, Amy ne s'attendait pas à des remerciements. Cependant, elle fut contente de voir le signe penaud que lui adressait Lucas pendant que la voiture s'éloignait.

Elle était de toute façon bien rassurée de voir ses parents heureux de le revoir. Peut-être que pour une fois, ils l'écouteraient et changeraient d'avis sur sa scolarité. C'était à espérer. M. Richards n'était ni la personne la plus sympa au monde, ni le meilleur père, et Amy ne lui pardonnerait jamais l'incendie du Buttercup, mais après tout, on ne choisit pas sa famille.

Les autres enfants commencèrent à s'éloigner par petits groupes, leurs bavardages animés s'élevant dans l'obscurité.

Lottie arriva à côté d'Amy et lui tapota l'épaule.

– Et maintenant, vous avez bien besoin de manger, tous les trois. Edward et moi, nous vous avons préparé une salade de riz.

Elle mit entre les mains d'Amy une boîte en carton aux couleurs pastel. Sur le dessus se trouvait le logo du salon de thé, avec son écriture à l'ancienne.

– Lottie, vous êtes vraiment un ange ! s'émerveilla Amy.

– Ah, merci, alors ! dit Callum en regardant la boîte avec avidité. Allons manger à l'hôtel, je meurs de faim.

– Rien de neuf, fit Tanya en souriant.

Au Summertime, les invendus du vide-grenier se trouvaient toujours sur les tables, mais il était bien trop tard pour s'en préoccuper.

– On rangera demain, dit Amy. On aura tout le temps avant de devoir se préparer pour la fête de samedi, et de toute façon, on n'aura les décorations qu'en fin d'après-midi.

– Tenez, fit Callum en prenant une pile de coussins de velours poussiéreux. C'est aussi bien qu'ils ne se soient pas vendus.

Il s'assit sur l'un d'eux dans un nuage de poussière.

– Et on a même des assiettes en porcelaine ! rappela Tanya, qui en rapporta d'une table et en retourna une pour regarder l'inscription. Ah, des Royal Doulton. Très chic.

– On le mérite bien ! s'esclaffa Amy. Allez, bon appétit !

Pendant un moment, ils restèrent assis à déguster la salade de riz, jusqu'à ce que Callum se cale contre le mur en se frottant le ventre.

– Il en reste encore un peu. J'ai l'impression de ne pas être à la hauteur en en laissant, mais franchement, je vais exploser si j'en reprends.

– Allez, gardes-en pour demain, dit Amy en regardant la quantité laissée dans la boîte. Ce n'est pas une question d'honneur, tu sais.

– Quand il s'agit de manger, c'est toujours une question d'honneur, la corrigea-t-il avec emphase. Trouvons quelque chose d'hermétique pour mettre les restes, alors. De préférence, là où Mark et Jack ne le trouveront pas.

– Il y a de vieilles boîtes à biscuits dans ces cartons, dit Tanya en se relevant. Je crois qu'elles n'ont même pas été proposées à la vente. On n'a jamais vendu assez d'objets pour avoir la place de les exposer. Dommage. Bon, sinon, qu'est-ce qu'on va faire, pour Katy ?

– Je ne sais pas, répondit Amy, déprimée à cette pensée.

– On est obligés d'y réfléchir maintenant ? demanda Callum d'un ton morne. Vous allez me donner une indigestion.

– On y pensera demain, alors, dit Amy. Il est vraiment tard.

– Et je suis fatiguée, après notre vagabondage dans les bois.

Tanya fouilla dans un carton et en tira plusieurs boîtes.

– Regardez, c'est à la mode de l'époque.

– Carrément rétro, approuva Callum. Waouh ! Regardez un peu la déco charleston !

– Et là, dit Tanya en lui en tendant une deuxième. Tu as vu ce gros bambin ? Il mange beaucoup trop de biscuits ! Elles sont magnifiques, ces boîtes. Et là, des « biscuits de première qualité ».

– On aurait dû mettre ça sur les tables, déplora Amy. On en aurait tiré quelques euros. Elles sont vraiment chouettes. Regardez celle-là, ils jouent au tennis en grand short et avec des raquettes en bois. Ah, et des biscuits de Noël pour enfants, avec le Petit Chaperon rouge. Trop mignon !

– Ce sont de petites œuvres d'art, juste un peu rouillées, commenta Tanya en souriant. Mais ce n'est pas là qu'on va mettre nos restes. Regardez celle-là, ce n'est même pas une vraie boîte, et il n'y a pas d'inscriptions.

Elle mit de côté une boîte métallique ronde, assez grande, mais peu épaisse.

– Attends un peu, intervint Callum, qui voulut regarder et se leva si vite qu'il manqua de trébucher sur son coussin. Ce n'est pas une boîte à biscuits.

– Elle était avec les autres, dit Tanya en haussant les épaules. Mais c'est vrai que ça n'y ressemble pas.

Les yeux de Callum brillaient d'excitation et Amy se releva à son tour, intriguée. Le garçon essaya de soulever le couvercle, mais celui-ci ne se laissait pas faire.

– Qu'est-ce qu'il y a, Callum ?

Trop occupé à soulever le couvercle avec les ongles, il ne répondit pas tout de suite. Enfin, la boîte s'ouvrit d'un coup et le couvercle tomba à grand bruit sur le plancher de la salle de bal.

– Amy ! Tanya ! s'écria-t-il en tendant la boîte.

À l'intérieur, se trouvaient des rouleaux d'une matière fragile. De vieilles bobines de film. Callum avait l'air sur le point d'exploser.

– Je crois qu'on vient de retrouver le film disparu de Monk !

Les filles le regardèrent, bouche bée.

– Mais il a été détruit, objecta Amy. C'est ce qu'ont dit les parents de Katy, à la conférence.

– Ce qu'ils ont dit, c'est qu'on a retrouvé une bobine toute brûlée dans la cheminée, dit Callum, qui tourna sur lui-même sous le coup de l'émotion, la boîte encore dans les mains. Pourquoi Monk mettrait-il le feu à ce qui devait être son chef-d'œuvre ?

– Tu ne crois quand même pas... ?

Amy se couvrit la bouche des mains.

– Il n'y a qu'un moyen de le savoir, dit Callum, accroché à la boîte. Demain matin, à la première heure, on va consulter un expert !

16

Le musée de Foxwood était un cottage fermier rénové, typiquement anglais, qui s'étendait à l'arrière en angle droit. Amy savait qu'il était plus grand à l'intérieur que vu de la rue. Ils arrivèrent avant l'ouverture, mais on voyait de la lumière dans les pièces du fond, aussi Callum donna-t-il des coups sonores sur la porte.

Lorsque le jeune conservateur du musée vint ouvrir, il releva ses lunettes sur son nez, un peu surpris, mais aimable.

– Il y en a qui sont volontaires ? C'est pour un exposé d'histoire ?

– Non, mieux que ça, répondit Callum. Enfin, on l'espère.

– Vous vous souvenez de nous, monsieur Shaw ? demanda Amy en désignant Tanya et elle. On était venues vous demander si vous aviez un projecteur ?

– Ah, bien sûr, votre projection de films, dit-il en souriant. Alors, vous avez pu vous en procurer un ?

— Pas encore, mais on a trouvé autre chose.

Amy sortit du sac à dos de Katy la boîte du film.

— On se disait que ça vous intéresserait peut-être d'y jeter un œil.

— C'était dans le grenier de l'hôtel Summertime, précisa Callum en le prenant avec précaution à Amy, qui ferma le sac. Au milieu de boîtes à biscuits. On s'est dit que c'était peut-être...

Le conservateur ouvrit de grands yeux derrière ses lunettes cerclées de métal.

— Le film perdu ?

— Exactement.

Callum tenait toujours la boîte fermement, les doigts crispés sur le métal.

— Entrez tout de suite, on va regarder ça.

Le jeune conservateur les fit passer par la salle principale du musée, ses yeux revenant sans cesse aux mains de Callum.

— C'est là qu'un vieux projecteur va s'avérer utile.

Il les mena à l'arrière et Amy regarda autour d'elle, se rappelant certaines pièces de sa visite précédente. Grâce aux murs blanchis à la chaux du musée et aux grandes fenêtres modernes, les salles étaient lumineuses. On y trouvait exposés des outils agricoles locaux, de grandes photographies en noir et blanc et des objets domestiques du début du vingtième siècle : une essoreuse à linge, une machine à coudre à pédale, une machine à écrire, des affiches et des tickets de rationnement datant des guerres mondiales.

– Les boîtes à biscuits qu'on a trouvées pourraient vous intéresser, dit Callum.

– Toutes les donations sont reçues avec plaisir, répondit M. Shaw, non sans un rire. Bon, il ne faut pas trop espérer, d'accord ? On pense que Monk avait détruit ce dernier film. Cette bobine est peut-être simplement une ancienne version de *La Fiancée tarentule*, ou allez savoir. Regardez, notre partie consacrée à Horatio Monk.

Il s'arrêta et ouvrit une vitrine à l'aide d'une clé.

Malgré son impatience de voir le film, Amy s'accorda un instant pour admirer les objets en rapport avec Monk. À la place d'honneur, elle vit à côté des vieilles affiches de films le blouson de cuir doublé de fourrure et le portrait à l'huile trouvés à l'hôtel Summertime. C'était Lottie qui avait donné ces objets au musée pendant l'été.

Avec précaution, le conservateur souleva le projecteur.

– Il fonctionne toujours, ce qui est assez miraculeux. Venez au fond, maintenant, on va voir si les bobines donnent quelque chose.

La salle du fond n'était pas aussi bien rangée que le reste du musée ; c'était un fouillis d'objets en cours de restauration, de chiffons, de brosses et de produits. L'odeur de térébenthine et d'huile de lin était forte, mais pas déplaisante. Faisant signe à Callum de poser la boîte sur une grande table en chêne, M. Shaw enfila une paire de gants de coton blanc. Puis, il ouvrit la boîte et sortit très doucement les bobines.

– Les vieilles pellicules en nitrate peuvent être très cassantes, mais celles-ci ont l'air en bon état. Si le film était plus fragile, je n'oserais pas le passer dans le projecteur, mais on ne constate que très peu de dégâts, voyez ? C'est remarquable. On dirait que la boîte n'avait jamais été rouverte.

– Vous pensez qu'on peut le projeter ? demanda Callum, qui n'y tenait plus d'excitation.

– Oui, en faisant bien attention.

Avec délicatesse, le conservateur entreprit de dérouler la pellicule de la première bobine.

– Le secret, avec ces vieux films muets, c'est de les passer à la bonne vitesse. Si c'est trop lent, il y a un risque que la bobine s'enflamme, mais si c'est trop rapide, le film passe trop vite et les images donnent une impression bizarre.

– J'ai vu des films muets comme ça, à la télé, dit Callum, qui regardait le projecteur avec fascination.

– Ce projecteur a un obturateur à trois lames, donc à vingt-six images par secondes, cela devrait donner un visionnage confortable. C'était la vitesse habituelle de Monk. Il était en avance sur son temps.

– Je ne me doutais pas que c'était aussi compliqué, par rapport à un projecteur numérique, souffla Tanya.

– Ah, heureusement qu'on a ça, maintenant ! répondit M. Shaw en riant. De nos jours, les choses sont beaucoup plus faciles. Alors, voyons ce que ça donne.

Il se détourna pour éteindre le plafonnier.

Retenant son souffle, Amy regarda les images vacillantes apparaître sur les portes de placard. Le conservateur ajusta légèrement la focalisation et elle prit une inspiration : c'était l'hôtel Summertime, dans tout son faste d'antan. Une voiture à cheval s'avança en silence devant le majestueux perron et une femme en sortit de manière un peu précipitée.

– Il faut que je réduise la vitesse, conclut le conservateur.

Il effectua quelques réglages sur le projecteur et les images ralentirent et se lissèrent. Soudain, le carré de lumière fut rempli par l'image d'un beau visage de femme, à moitié dissimulé par une capuche démesurée. Elle avait des yeux immenses, rendus charbonneux par le maquillage. Sa peau de porcelaine semblait rayonner.

— C'est elle ! s'exclama Amy. Tanya, tu te souviens de la photo que j'avais trouvée dans le blouson de Monk ? Cet été, à l'hôtel.

— Ah, oui !

Poings serrés, jointures des doigts blanches, le conservateur semblait avoir envie de faire des bonds.

— C'est Emma Rutherford ! ajouta-t-il. La muse de Monk. Elle a joué dans la plupart de ses films. Oh, là, là, c'est incroyable. Je ne reconnais pas ce film !

Tanya le regarda de côté, pas trop rassurée.

— C'est une bonne chose ?

— Mais oui ! répondit M. Shaw, dont la voix partait dans les aigus. J'ai vu tous les films de Monk, des dizaines de fois. Mes amis, cela ne peut signifier qu'une chose. C'est le film perdu !

— Ouiiii ! s'écria Callum en brandissant le poing.

Amy l'étreignit avec force, puis fit de même avec Tanya, qui en sautait presque sur place.

— Regardez donc le soin apporté à l'image, commenta M. Shaw, les yeux brillants. C'est magnifique !

— Son chef-d'œuvre, dit Callum, qui regardait avec ravissement.

Amy n'y connaissait rien en films muets, mais elle comprenait qu'ils avaient raison. Les images monochromes étaient d'une beauté saisissante et irradiaient une lumière exceptionnelle. Quand une silhouette enveloppée de noir apparut, dévoilant un visage blanc effrayant, aux longues dents, elle sursauta légèrement. Les effets spéciaux et les costumes paraissaient peut-être sommaires par rapport au cinéma actuel, mais il y avait un aspect angoissant très efficace.

Un intertitre apparut : « *Et cette nuit-là...* » lut-on en caractères gothiques. La belle femme réapparut, lançant des coups d'œil furtifs par-dessus son épaule avant de sortir un objet de sous sa cape.

– Notre tête de mort ! cria Tanya. Celle que Katy...

Elle referma la bouche et les trois amis échangèrent des regards lourds de sens. « Plus tard, pensa Amy. On se penchera sur le problème Katy, mais pour l'instant, on profite ! »

Le crâne de plâtre paraissait très réel, et plus effrayant qu'en réalité. Ses yeux en pierre miroitaient, en net contraste avec l'obscurité environnante.

– Incroyable, chuchota-t-elle.

– C'est vrai, admit le conservateur avec révérence. Ce film est un trésor. Je dois avertir l'Institut cinématographique. Il faut numériser le film avant qu'il ne se détériore, maintenant qu'il est à l'air. Je vais tout de suite les mettre au courant.

Amy regarda Callum et fit la grimace. Il lui adressa un petit signe de tête.

– Monsieur Shaw... commença-t-elle en hésitant. Est-ce que par hasard... vous pourriez attendre jusqu'à lundi ?

– Mais pourquoi... commença-t-il en fronçant les sourcils. Ah, je vois. Votre soirée Monk.

– Exactement, dit Amy en hochant vigoureusement la tête. Ce serait mieux que de passer n'importe quel autre de ses films !

– Je ne sais pas... C'est une trouvaille tellement précieuse... et la vieille pellicule est si délicate.

– On en prendrait bien soin, promit Tanya. Vraiment !

– Si un historien du cinéma était présent, je sais ce qu'il répondrait, dit M. Shaw, qui soupira, puis sourit d'un air complice. Vous savez quoi, c'est en meilleur état qu'on n'aurait pu s'y attendre. Vous méritez une récompense pour l'avoir trouvé, et quoi de plus adapté ? Je vais vous dire : je le « découvrirai » samedi soir, ce film. Après tout, les enfants de Foxwood auraient très bien pu le découvrir et le projeter sans en avertir personne, et je n'en aurais rien su avant samedi ?

– Vous feriez ça pour nous ? demanda Tanya, les yeux emplis de gratitude.

– Tout à fait. Comme je le disais, la pellicule m'a l'air solide et n'a pas été exposée à l'air depuis des décennies. Je vais la garder et l'examiner pour m'assurer qu'il n'y a pas de défauts inattendus et je la rapporterai à l'hôtel demain soir, avec le projecteur. Une seule projection ne l'endommagera pas, surtout si je laisse le projecteur réglé et que je vous montre exactement comment vous y prendre, ajouta-t-il avant un clin d'œil entendu. Sachant que *je ne suis au courant de rien.*

– Je pourrai le faire, proposa aussitôt Callum.

– Parfait. Il y a un certain nombre de choses à savoir, mais je suis sûr que tu traiteras les bobines avec respect, répondit M. Shaw, dont les yeux se firent rêveurs. Et évidemment, j'aimerais voir le film en entier, moi aussi...

– Bien entendu. Vous aurez droit à nos places VIP, et on vous chouchoutera pendant la projection, dit Callum, qui se remit à brandir le poing. Vous savez ce que vont dire les gens ? Que c'était le meilleur festival Monk de tous les temps !

Ils fermèrent le portail du musée derrière eux et se dirigèrent vers l'hôtel Summertime en sautillant de joie. Ils étaient encore dans l'effervescence de leur trouvaille, puis Amy s'arrêta net au milieu du trottoir et resserra les doigts sur la bretelle du sac de Katy.

– La tête de mort, soupira-t-elle. J'aurais préféré qu'on ne sache pas.

– Pourquoi ? demanda Tanya.

Callum donna un coup de pied dans un caillou et répondit :

– Si Katy l'a cachée, c'est parce qu'elle a dû voir que c'était un accessoire dès qu'elle l'a vue.

– C'est ça, approuva Amy. Soit elle savait ce que c'était grâce aux livres de ses parents, soit elle l'a vue dans un autre film. C'est impossible qu'elle ne l'ait pas reconnue.

– Et elle devait se douter qu'elle valait une fortune, ajouta Callum, abattu. Pas étonnant qu'elle n'ait pas voulu la mettre en vente.

– En même temps, c'est aussi bien qu'elle ne soit pas partie pour un euro, fit remarquer Amy.

– C'est vrai, mais elle ne comptait pas qu'on en profite un jour, non plus. Je parie qu'elle avait l'intention de la vendre elle-même et de garder l'argent pour elle.

Amy n'était pas tout à fait convaincue par cette hypothèse, mais que croire d'autre ? Elle se sentait malade à l'idée d'aller demander des comptes à Katy, mais elle avait encore plus la nausée de savoir qu'elle les avait trompés ainsi.

– Attendons de voir comment elle s'explique, dit-elle d'un ton morne. Il y a aussi les graffitis. Elle cherchait quoi, là ? Je ne comprends pas.

– Moi non plus, dit Callum. Au moins, pour la tête de mort, l'explication est simple. Elle ne pense qu'au profit, c'est une égoïste et... pff, c'est pas croyable.

Beaucoup de personnes se dirigeaient déjà vers la salle des fêtes pour voir l'exposition. La journée était fraîche, mais ensoleillée, et des groupes de touristes et d'habitants s'attardaient à bavarder dans le parc. Amy repéra les parents de Katy à l'entrée de la salle pour accueillir les visiteurs, et les salua sans conviction de la main.

– Katy est peut-être là-bas aussi. Si on en finissait avec cette histoire ?

– Oui, allons-y, dit Callum, la bouche pincée.

– Moi aussi, elle va m'entendre, ajouta Tanya. Me faire sentir coupable d'avoir été injuste envers Lucas, il fallait le faire.

Amy ne pouvait leur en vouloir. Elle aussi se sentait très en colère contre Katy. Ils traversèrent le parc et montèrent les marches de la salle des fêtes, où M. Rockley redressait une affiche avec fébrilité.

– Bonjour Amy. La salle est superbe. Merci à tous pour votre participation, dit-il, souriant aussi à Tanya et Callum. Par contre, on va garder les décorations jusqu'à dix-sept heures.

– Bien sûr, on comprend, dit Amy. Euh, est-ce que Katy est dedans ?

Mme Rockley sortit de la salle.

– Elle vient juste de partir, annonça-t-elle. En fait, elle pensait vous rejoindre à l'hôtel.

– Oh, génial, marmonna Amy. On y retourne, alors.

– Ce n'est pas son sac, que tu as là ? l'interrogea Mme Rockley.

– Si, répondit Amy en le lui montrant de plus près. Elle l'avait laissé... hmm, quelque part. On voulait justement le lui rendre.

– Ah, très bien, c'est gentil à vous. Merci. Eh bien, à tout à l'heure !

Amy avait le cœur lourd en retournant à l'hôtel. Ce serait une façon horrible de terminer les vacances et le festival, mais la scène ne pourrait être évitée.

– De toute façon, il vaut mieux lui parler ici, commenta Callum alors qu'ils contournaient la fontaine au milieu de l'allée. Je préfère qu'on ne se dispute pas devant ses parents.

– On ne sait jamais, ce ne sera peut-être même pas une dispute.

Amy n'était pourtant pas très assurée en poussant la lourde porte d'entrée.

— Ah, écoutez !

Ils se figèrent dans le hall et en même temps, regardèrent au plafond.

— Ce bruit, dit Tanya. Ce grincement.

— Elle ouvre le passage secret, confirma Callum sombrement. Il faut la retrouver à la bibliothèque.

Bizarrement, le fait que Katy s'introduise dans le passage secret à l'insu de tout le monde énerva Amy plus que tout le reste. Ils l'avaient invitée dans l'hôtel et s'étaient efforcés de l'intégrer. Ils avaient même eu de la peine pour elle, qui trimait tant pour ses parents. En retour, elle n'avait fait que tout gâcher et s'en prendre à ce qu'ils avaient acheté. Serrant les dents, Amy courut en haut avec les autres.

Lorsqu'elle franchit la porte de la pièce, Katy ressortait juste du passage, la main sur la porte cachée. Elle s'interrompit, l'expression intriguée. À ce moment, elle aperçut les trois amis et son visage s'assombrit.

Amy s'avança, se défit du sac à dos et le brandit en direction d'une Katy à l'air coupable. Parvenant à garder une voix ferme et égale, elle lança :

— Tu cherches quelque chose, peut-être ?

17

Katy avait l'air désemparé. Elle serra et desserra les poings, puis déglutit à grand-peine, les regardant un à un.

– Euh, qu'est-ce que c'est ?

– Oh non, pas ce plan, soupira Tanya d'un air dégoûté.

– On sait qu'il est à toi, dit Amy. Tu l'avais sur le dos la première fois qu'on t'a vue. Personne d'autre à Foxwood n'en a un pareil. Et la tête de mort était dedans. Tu sais, celle qui s'est « effritée quand tu l'as nettoyée » ?

Le simple fait de répéter ces mots à voix haute l'irritait encore plus.

– Tu allais faire quoi ? demanda Callum. La vendre à un collectionneur ? En tirer une petite fortune ?

Pendant un long moment, Katy garda le silence, les regardant tour à tour, puis rivant les yeux au sol. Amy la fixait, attendant ses dénégations forcenées.

En fait, Katy se retourna, s'éloigna d'eux et s'effondra sur l'un des fauteuils poires au milieu de la pièce. Elle garda un instant la tête entre les mains, puis la releva pour fixer les rayonnages de livres.

– Mais non, je ne comptais pas le vendre, grommela-t-elle. Je ne voulais plus jamais revoir ce truc.

– Quoi ?

Amy regarda Callum, qui lui fit signe qu'il ne comprenait pas non plus.

– Tu ne vas pas t'en tirer comme ça, lança Tanya avec aigreur. Et les graffitis au village, hein ? On a trouvé tes bombes de peinture, aussi. Et le projecteur détruit ? On est à peu près sûrs que c'était toi aussi, sachant que tu as menti en prétendant que tu étais chez Eva ce soir-là. Alors, ne va pas nous dire que tu n'essayais pas de nous pourrir la vie !

Katy semblait en état de choc, mais ne tenta même pas de nier.

– Mais pourquoi ? lui demanda Amy. Qu'est-ce qu'on a bien pu te faire ? On voulait simplement être amis avec toi.

– Je sais, dit Callum avec amertume. Tu penses que Monk n'appartient qu'à toi, c'est ça ? Parce que tes parents sont experts. Tu ne voulais pas qu'on fasse notre propre soirée en son honneur, parce que ça éloignait les projecteurs de ta famille !

– N'importe quoi ! s'énerva Katy, qui poussa un énorme soupir frustré et se donna des claques sur les genoux. Vous ne devinez pas ? Je n'en peux plus, d'Horatio Monk. Je le vomis, lui et tout ce qu'il y a autour.

Callum, qui reprenait sa respiration pour crier à nouveau, s'interrompit.

– Quoi ?

– Mes parents sont obsédés par lui. Tout ce qu'on fait à longueur de temps, c'est en rapport avec un cinéaste mort qui tournait des films nuls. Toutes nos vacances, on les passe à se rendre à des conventions et des festivals. On ne parle que de ça, chez nous. Tu crois que je veux garder Monk pour moi ?

Elle se tourna vers Callum, les yeux malheureux et emplis de rage à la fois.

– Si je pouvais, je voudrais ne jamais réentendre son nom. Je n'ai même pas eu de prénom à moi, figurez-vous !

– Pardon ? s'étonna Tanya.

– Katy, ça vient d'un film de Monk ! Ils n'ont même pas été capables de me trouver un prénom tout seuls !

Katy se remit debout et leur fit enfin face. Elle paraissait honteuse, mais étrangement défiante.

– Je suis nommée d'après Katyana Romanovskaya, la princesse russe exilée de *L'Heure des sorcières*. Ils doivent être déçus que je ne sois pas devenue elle en grandissant.

– C'est ridicule, intervint Callum.

– Oui, peut-être, admit Katy en passant une main dans ses cheveux roux. Mais c'est ce que je ressens. Je suis vraiment désolée d'avoir fait tout ça, mais vous savez, je n'avais pas toute ma tête. Quand je suis arrivée et que je vous ai rencontrés, j'étais toute contente que vous soyez si sympas et cool. Je me disais que j'allais enfin pouvoir faire des trucs qui n'avaient rien à voir avec Horatio Monk. Je pensais juste apprécier de bons moments avec des copains. Et là, vous vous êtes tous mis à en faire des tonnes sur Monk, vous aussi ! Je n'aurais pas dû, mais j'en avais trop marre. Je me suis dit que sans projecteur, vous annuleriez votre soirée Monk, et puis, je sais pas, qu'on pourrait enfin parler d'autre chose...

Amy tira doucement le crâne du sac à dos.

– Et ça ? Pourquoi tu l'as volé ?

– Ce machin ? Attends d'avoir vu assez de films de Monk. Il apparaît dans des tas. C'est un « leitmotiv », tu vois, expliqua-t-elle en traçant des guillemets ironiques dans l'air. Je l'ai reconnu tout de suite. Mes parents ont des photos de cette débilité chez nous, immenses et encadrées ! Si jamais ils avaient trouvé le vrai, je ne sais pas comment ils auraient réagi. Et c'est le vrai, voyez ?

Elle prit la tête de mort des mains d'Amy pour la retourner et leur montrer une minuscule marque à la base.

– Ça alors ! La signature de Monk ! s'exclama Callum. Et le tampon du studio !

– Alors, tu n'allais pas le revendre ? demanda Amy, intriguée.

– Surtout pas. Je voulais le cacher là où il ne serait jamais découvert, expliqua Katy en regardant la porte du passage secret. Je pensais avoir trouvé une bonne cachette. Le passage secret apparaît dans plusieurs films, alors je me doutais que je le trouverais facilement.

Alors qu'Amy commençait à ressentir de la compassion pour Katy, Callum lança avec hargne :

– Rien de tout ça n'est notre faute. Tu n'avais pas à te venger sur nous.

Il avait tout à fait raison. Amy secoua la tête et regarda Katy droit dans les yeux.

– Ce que tu as fait, c'était déjà assez grave. Mais le pire, c'est que tu aies laissé accuser Lucas. Comment as-tu pu faire quelque chose d'aussi méchant ? Tu as laissé sa batte de cricket exprès pour qu'on pense que c'était lui !

– Il... m'aime pas, balbutia Katy.

– Oui, on a remarqué, dit Callum. Alors c'était ta façon de te venger ? Il peut être insupportable, mais là, c'était extrême.

Elle se balança d'un pied sur l'autre.

– Pas vraiment une vengeance... Je savais qu'il serait le suspect évident, c'est tout. Et il est toujours hyper-désagréable avec moi, donc je m'en fichais. Sur le moment, en tout cas.

– Lucas peut se montrer franchement nul, dit Tanya. Mais ça ne t'excuse pas pour autant.

– Je crois qu'il était particulièrement méchant avec moi à cause d'un truc que je lui ai fait. Vous le saurez un jour ou l'autre, donc autant vous le dire. Vous savez comme il a peur des serpents ? C'est une vraie phobie. (Katy plissa le nez.) J'en ai mis un faux sur la mobylette qu'il avait. C'était très bien imité, en plus, c'était un accessoire de film. Je pensais juste lui filer une bonne frousse, mais il ne l'a pas vu avant d'être en route. Il a hurlé, il a dérapé et il rentré dans un tas de fumier. Je n'avais pas prévu que ça aille aussi loin.

Amy fit une moue et foudroya Katy du regard, repensant à la peur qu'elle avait faite à Thomas et à la réaction de Lucas à la couleuvre dans les bois.

– Tu es beaucoup trop portée sur les farces méchantes. Tu m'étonnes, qu'il ne t'aime pas.

– Oui, je sais. Je le mérite un peu. Mais quand il s'est agi de faire retomber la destruction du projecteur sur quelqu'un, c'est lui qui s'est imposé. Je connais sa réputation. Je savais que tout le monde serait très content de penser que c'était lui.

– Cette partie de ton plan a bien fonctionné, constata Amy.

Elle adressa à ses amis un regard lourd de sens, et ceux-ci prirent l'air penaud.

– Bon, fit Katy après un silence pesant. Je vais m'excuser auprès de Lucas. Je suis vraiment désolée pour tout. Ça m'a complètement échappé et tout m'est revenu à la figure. Je sais que j'ai loupé ma chance de me faire des amis à Foxwood.

Amy ne dit rien, car elle avait le sentiment que Katy avait tout à fait raison à ce sujet ; surtout au vu des têtes de Callum et Tanya. Ils n'avaient pas du tout l'air enclins à l'excuser.

– On devrait y aller, dit Callum en se détournant.

Il n'y avait plus grand-chose à dire. Amy et Tanya suivirent Callum, mais Katy les rappela.

– Je me ferai pardonner, dit-elle d'un air décidé. Je vous le promets. Je sais que vous ne voulez pas de mon aide, mais vous l'aurez de toute façon.

– Un peu tard, lui renvoya Tanya. Il n'y a plus que ce soir et demain.

– Je ferai de mon mieux, parce que je m'en veux sincèrement. Je vous aiderai à faire de cette soirée la meilleure soirée Monk de tous les temps, dit-elle avec conviction.

– Mouais, fit Callum. On verra. Bonne chance.

– Refais comme l'autre fois, avec les chauves-souris, cria Tanya à Amy, qui était à nouveau sur l'escabeau. Ça rendait très bien, à la salle des fêtes, quand le vol traversait la pièce.

Amy sourit.

– D'accord. Prends l'autre bout de la ficelle. Je ne veux pas les emmêler, on n'a pas trop le temps.

L'exposition s'était terminée une heure plus tôt, et avec la participation de tous, sauf Katy, ils avaient remis les décorations en cartons et les avaient transportées à l'hôtel en un temps record. D'énormes citrouilles de plâtre étaient empilées dans deux coins de la salle de bal, surmontées de guirlandes lumineuses, et d'autres se trouvaient à la réception, avec le chaudron et le squelette, très impressionnant, que Callum avait vêtu d'un vieux costume-cravate. Il avait l'air d'autant plus sinistre, pensa Amy, amusée. L'horrible reproduction de la Fiancée tarentule, avec son voile déchiré, se tenait sur le perron pour accueillir les visiteurs.

Oscar, Jack et Mark avaient été chargés d'accrocher des lampions citrouilles dans les deux immenses hêtres pourpres au portail de l'entrée, et tous les autres concentraient leurs efforts sur l'intérieur, afin de le transformer en une maison hantée spectaculaire. Les plus jeunes, Ellie et ses amis, remplissaient tous les coins possibles de fausses toiles d'araignée, où ils disposaient d'énormes araignées en plastique. Ils avaient aussi apporté leurs pierres tombales en carton, qu'ils avaient alignées contre les murs.

La tête de mort qui avait effrayé Tanya en début de semaine avait été prêtée par son propriétaire et se mettait à ricaner chaque fois que quelqu'un empruntait l'entrée principale. Amy finit par la désactiver temporairement. Chloé et Olivia avaient créé en secret une tête coupée en papier mâché d'un réalisme dérangeant et s'attirèrent des applaudissements quand elles la présentèrent au groupe – avec en prime, quelques cris d'Ellie et ses amis. Un vieux filet de pêche était suspendu au-dessus de la porte : ils y posèrent la tête ainsi que des monstres marins de caoutchouc provenant de la collection d'accessoires des Rockley.

« Tout ça se présente parfaitement bien... Ou plutôt, horriblement bien ! » se dit Amy avec satisfaction.

– Horatio Monk lui-même apprécierait le décor, dit-elle à Tanya en descendant de l'escabeau.

– Et demain matin, le père d'Ellie nous apportera les citrouilles invendues, rappela Tanya. Ce sera la touche finale. Bon, gros succès pour notre marathon de dessins animés cet après-midi, en tout cas. Les petits ont adoré. C'était trop mignon, de les voir hurler tout du long.

– Sans doute surexcités à cause de toutes les sucreries qu'ils ont avalées, suggéra Amy avec impuissance.

– J'aurais quand même aimé qu'on ait de la musique pour le film, demain, soupira Callum en les rejoignant, les bras chargés de guirlandes argentées. La grande révélation en exclusivité mondiale, ce sera génial, mais ç'aurait été tellement mieux avec un accompagnement...

– Tu sais quoi ? Je vais en reparler à Eva, dit Amy. Elle ne peut quand même pas avoir encore quelque chose de prévu demain soir !

– Mais elle n'aura aucun morceau de prêt.

– Non, mais elle est suffisamment douée pour improviser, répondit Amy, qui jeta un œil à sa montre. Pour les décorations, on est au point. Je passe la voir maintenant.

Au centre du village, elle trouva Olivia et Chloé qui accrochaient des affiches. Visiblement, elles avaient passé la semaine sur leurs projets artistiques. Les affiches étaient une superbe imitation d'intertitres, réalisées à la peinture blanche sur du papier noir et bordées d'un décor d'araignées et de visages monstrueux.

SOIRÉE DÉLIRE MONK À L'HÔTEL SUMMERTIME
Vous pouvez frissonner d'avance...
Samedi soir à 19 heures
Dans un décor saisissant, une surprise de taille vous attend.
Ne venez pas vous plaindre d'avoir raté
cette occasion unique !

— C'est génial, les filles, dit Amy avec admiration. Bravo.

— On s'est dit qu'avec cette maquette, on capterait l'attention des fous de films muets, expliqua Olivia.

Effectivement, de nombreux touristes s'attardaient devant les affiches collées aux arbres et aux lampadaires.

– Et regarde qui nous aide, annonça Chloé en montrant une silhouette de l'autre côté du parc.

Vêtue d'un costume de lin pastel et d'un panama, elle se tourna dans leur direction, ce qui permit à Amy de distinguer une fausse moustache tarabiscotée... et des mèches de cheveux roux s'échappant du chapeau.

– Katy, dit-elle, songeuse. Alors elle tient vraiment sa promesse.

– Elle distribue des prospectus depuis tout à l'heure. Elle ne s'est même pas arrêtée pour goûter, dit Olivia. Je lui ai presque pardonné.

– Hmm...

Amy sourit aux jumelles d'un air complice, puis se dirigea vers la maison des Marchmont. Elle se sentait le cœur un peu plus léger de savoir que Katy essayait au moins de s'amender. Si seulement elle pouvait aussi persuader Eva de changer d'avis à propos de la soirée...

Cette fois, ce fut Eva elle-même qui lui ouvrit. Amy prit une grande inspiration, puis se lança tout de suite. « Tout ou rien », pensa-t-elle.

– Salut. Écoute, je sais que tu es super-occupée et stressée, mais on n'a toujours pas de pianiste pour le film de Monk. (Ayant peur de donner le temps à Eva de refuser, elle enchaîna.) Ce serait génial si tu pouvais le faire... Tu n'aurais sans doute même pas besoin de t'entraîner, avec tous les morceaux que tu as répétés pour ton examen. Et puis tu pourrais simplement improviser selon le moment du film...

À court d'arguments, Amy termina par un sourire suppliant.

– Je ne sais pas, hésita Eva, qui s'appuya au chambranle. J'ai tellement de trucs en cours... J'aimerais bien aider, mais je ne vais pas pouvoir.

– Amy, bonjour !

Souriante, Mme Marchmont apparut derrière Eva et lança un regard inquiet vers sa fille.

– Qu'est-ce que tu ne vas pas pouvoir faire, ma chérie ?

– Oh, ne t'en fais pas maman, dit aussitôt Eva. Amy comprendra que je ne puisse pas venir.

– Mais de quoi s'agit-il ? Et c'est quoi, cette histoire de stress ?

– Pardon, dit Amy en rougissant. Je ne voulais pas...

– Non, je suis sérieuse. Eva, tu es vraiment sous pression ? C'est vrai que tu as beaucoup bougé ces derniers temps, et que le plus souvent, c'était mon idée...

– Mais ça me plaît de beaucoup sortir, maman, protesta Eva.

Mme Marchmont semblait préoccupée.

– Je voulais qu'on rattrape tout ce qu'on n'a pas pu faire quand j'étais malade, Eva. L'idée n'était pas que tu acceptes tout ce que je te proposais ! Il y a quelque chose que tu préférerais faire avec tes amis ?

Eva lança un coup d'œil vers Amy, puis se retourna vers sa mère.

— Tous nos moments ensemble, c'était super. Tu nous as prévu des sorties trop bien. Mais... en fait, j'ai vraiment envie de faire ce qu'ils me proposent. Ils ont besoin d'un pianiste pour jouer pendant un film de Monk demain soir...

— Et tu serais parfaite, compléta sa mère en lui posant sa main amaigrie sur la joue. Oh, Eva, bien sûr que tu dois passer du temps avec tes amis ! Je ne voulais pas que tu manques des choses. Au contraire !

— Dans ce cas, si tu veux bien qu'on laisse tomber le musée demain...

— Mais bien sûr ! s'écria sa mère en l'étreignant avec force. Il faut que tu ailles jouer pour tes amis. Je t'ai beaucoup trop sollicitée. J'aurais dû m'en rendre compte !

— Merci, maman, dit Eva en la serrant à son tour dans ses bras. Je t'assure que j'apprécie tout ce qu'on fait, mais c'est vrai que j'ai manqué de temps avec mes amis...

— Merci, madame Marchmont, dit Amy, radieuse. Je suis sûre qu'Eva va être super.

— Oh, évidemment. Je suis une virtuose ! plaisanta Eva, qui passa le bras autour de l'épaule d'Amy. Je vais venir à l'hôtel pour qu'on puisse en parler. Il me faudra bien un peu de temps pour répéter !

« Voilà, c'est lancé », pensa Amy, satisfaite, en retournant au Summertime. La soirée Monk n'arrêtait pas de monter en puissance. Amy était également soulagée qu'Eva n'ait pas cherché à les éviter. Il lui avait suffi de dire à sa mère qu'elle n'était pas heureuse... Tout comme Lucas et...

Amy poussa un soupir. « Katy. » Tous les trois s'étaient retrouvés coincés dans des situations qui ne leur convenaient pas. Deux d'entre eux avaient parlé à leurs parents, ou devaient le faire. Amy avait l'impression qu'elle pouvait aider la troisième...

Elle retourna en courant vers le parc, où une silhouette moustachue distribuait toujours bravement des prospectus.

- Katy !

— Oh, Amy. Salut.

Nerveuse, Katy tira sur sa moustache, manquant de l'arracher, et rabattit les prospectus sur sa poitrine.

— Merci pour la distribution, parvint à dire Amy.

— Je vais vous rembourser le projecteur, dit Katy très vite, d'une voix humble. J'économiserai jusqu'à pouvoir le remplacer, promis.

Ce que gardait Amy de rancune s'évapora. Katy regrettait vraiment ses actes. Elle avait des problèmes, mais au moins, elle essayer de réparer les dégâts qu'elle avait causés. Et elle avait clairement besoin d'aide.

– Merci, Katy. C'est gentil à toi. Quand on l'aura, on pourra organiser d'autres projections ! Mais écoute, je pensais à un truc. Je trouve que tu devrais parler à tes parents du fait que tu en aies ras la casquette de Monk. Pas pour t'attirer des ennuis, mais pour qu'ils comprennent ce que tu ressens. Tu sais, passer aux aveux ?

– C'est déjà fait, avoua Katy, qui regarda ses chaussures, puis Amy, avec un sourire en coin. Je leur ai dit que les graffitis étaient de moi, pour que personne ne fasse de reproches à Lucas.

– Ben dis donc !

Katy replaça une mèche de cheveux sous son panama.

– Et je leur ai avoué que je déteste Monk. Enfin, pas que je le déteste. Que je n'en peux plus que tout tourne autour de lui.

– Il était grand temps, approuva Amy avec un sourire. Alors, qu'est-ce qu'ils en ont pensé ? Surtout avec ce que disaient les graffitis sur leur héros...

– Ils étaient furieux, tu t'imagines, dit Katy, qui sourit malgré tout. Mais ils ont aussi dit que j'aurais dû leur en parler plus tôt. S'ils avaient su, ils s'y seraient pris autrement. Ma mère a dit qu'au prochain événement concernant Monk, je pourrai aller chez ma grand-mère.

— Alors, tu n'es pas punie ? s'étonna Amy.

— Oh, si. Je dois aider pour le restant du festival. Enfin, je l'aurais fait de toute façon, j'imagine. Et en rentrant chez nous, je dois réorganiser toute la bibliothèque. Et pas que les livres sur Monk.

— Bon, il y a pire, dit Amy en haussant les épaules.

— Tu n'as pas vu la taille de leur bibliothèque, la corrigea Katy. J'en aurai jusqu'au prochain Halloween !

Amy ne put s'empêcher de rire, même si elle estimait que la punition était méritée.

— En tout cas, je suis contente que tu leur aies parlé.

— Oui. Ils ont raison, j'aurais dû leur dire avant, dit Katy, très sombre. Je n'aurais pas causé tous ces problèmes. Bon, je ferais mieux de m'y remettre. À ce soir pour le film !

Amy repartit vers l'hôtel, le cœur plus léger qu'il ne l'avait été depuis des jours. Tant mieux si tout s'arrangeait à temps, pensa-t-elle, ou si tout commençait à s'arranger.

Finalement, les vacances à Foxwood allaient bien se terminer...

18

Tout se présentait au mieux. Le lendemain soir, elle regardait la salle de bal remplie de monde. L'hôtel était absolument extra en maison hantée tapissée de toiles d'araignée. Oscar et Jack avaient choisi un éclairage minimal pour une ambiance parfaite. De nombreuses personnes dans l'assistance avaient fait l'effort de se déguiser : il y avait quatre Apicultueurs, au moins trois Face de Poisse et des monstres divers. Certains portaient des costumes de lin avec un panama, en l'honneur d'Horatio Monk lui-même.

« L'année prochaine, ils adopteront peut-être le costume du méchant dans le film retrouvé, pensa Amy avec un frisson d'excitation. Vivement qu'on voie la réaction des fans quand ça va commencer... »

Les gens commençaient à prendre place. Il allait tout juste y avoir assez de chaises ! Amy était contente qu'ils aient rassemblé là à peu près toutes les chaises présentes dans l'hôtel, plus des canapés et fauteuils pour leurs sponsors VIP. Olivia et Chloé avaient eu beaucoup de succès avec leur campagne d'affichage – ainsi que Katy avec sa distribution, il fallait le reconnaître. Elle n'était pas loin de se faire pardonner. Elle était assise au premier rang avec ses parents, qui arboraient des sourires attendris, comme des experts qui font la grâce de leur présence pour saluer l'effort des amateurs. Katy croisa le regard d'Amy et lui envoya un clin d'œil. « Alors, elle ne leur a pas parlé du film retrouvé, pensa Amy, survoltée. Ils ne vont pas regretter d'être venus ! »

Repérant Pat et John tout près d'eux, Amy leur adressa un petit signe. À côté d'eux se trouvaient deux petits fantômes : Thomas et Steven, sans doute, car ils lui adressèrent des gestes enthousiastes. Amy leur répondit, puis se dirigea vers l'arrière de la salle, où Tanya et Callum aidaient M. Shaw à remonter le vieux projecteur. Quelques curieux s'étaient approchés pour le regarder et chuchotaient entre eux.

– Ça fait bien longtemps que je n'en ai pas vu, de ceux-là, dit une femme grisonnante à son amie. Ça changera agréablement du numérique.

– S'il marche, rétorqua l'amie d'un ton sceptique. Ou alors, ils vont apporter un lecteur de DVD. Est-ce qu'ils se sont vraiment procuré de vieux films, ou le projecteur n'est là que pour décorer ?

« Si vous saviez... » se dit Amy en souriant. Les spectateurs ne se doutaient pas qu'ils auraient droit à une aussi belle surprise. Callum, la précieuse boîte de bobines à la main, agita ses gants blancs dans sa direction, les yeux brillants. Visiblement, il avait peine à attendre la grande révélation.

Lucas rôdait du côté de la table où étaient disposés les petits-fours sur le thème de Monk préparés par Lottie et Edward. Il remplissait son assiette de trois mini-tartes à la citrouille à l'effigie de Face de Poisse, ainsi que de biscuits au superbe glaçage à abeilles. Amy trouva son incursion un peu vorace, puis repéra ses parents.

« En voilà, une surprise. » M. et Mme Richards venaient soutenir une manifestation culturelle à l'hôtel Summertime ! En fin de compte, peut-être avaient-ils apprécié l'aide reçue pour la recherche de Lucas ?

Amy se faufila entre les rangées de chaises et tapa sur l'épaule du garçon.

– Salut, ça va bien ? Chez toi, je veux dire.

Elle lança un regard vers ses parents qui, assis avec raideur, évitaient de converser avec leurs voisins.

– Ça va, fit Lucas d'un ton égal.

— Mais alors, l'école ? s'impatienta Amy.

Lucas s'autorisa un sourire.

— C'est bon, je ne vais pas à Haddon Hall. Ils ont dit que je n'étais pas obligé, et ils se sentent tellement coupables qu'ils me payent une nouvelle mobylette. Trop la classe !

L'air satisfait, il fourra un biscuit entier dans sa bouche et l'engloutit sans autre forme de procès.

— Bien, fit Amy sèchement. Je suis contente de voir que ça s'est arrangé.

Et tout retournait à la normale pour Lucas et ses parents, y compris leur attitude... Elle partait quand Lucas lui toucha le bras.

— Amy, euh... merci, marmonna-t-il. Pour ce que tu as fait. Je veux dire, c'est toi qui... Merci, quoi.

Prise de court, Amy hésita, puis lui sourit.

— Attention, Lucas. C'était presque gentil, ça.

— Ouais, faut que je surveille ma réputation.

Mais il souriait aussi.

Amy retournait auprès de Tanya et Callum, quand elle remarqua que M. Richards avait les yeux fixés sur elle. Elle faillit détourner la tête, mais se reprit aussitôt et croisa son regard froid.

« Eh bien, on ne peut pas dire qu'il m'apprécie... »

Malgré la recherche de Lucas, il n'avait toujours pas pardonné à Amy de s'être opposée à lui au cours de l'été.

« Je m'en fiche, pensa Amy avec conviction. Je n'ai toujours pas oublié l'incendie. Un jour, je prouverai à tout le monde ce qu'il a fait au café – et à Lottie. »

D'ici là, elle ne comptait pas se laisser intimider. Amy maintint son regard jusqu'à ce que M. Richards rougisse et doive tourner la tête.

L'éclairage tamisé baissait encore, et Amy se haussa sur la pointe des pieds pour voir Callum.

« On est prêts ? » lui demanda-t-elle sans articuler sa question.

Radieux, il lui fit un signe de tête affirmatif.

Chloé tira le dernier rideau pour masquer le crépuscule et Mark enfonça l'interrupteur pour plonger la pièce dans l'obscurité. On entendit des murmures d'excitation, puis l'assistance se tut et attendit.

Amy fit signe à Eva au clavier près de l'entrée de la salle. Les spectateurs la regardèrent alors qu'elle pliait et dépliait les doigts, comme pour se préparer à jouer. Mais Amy savait ce qui allait suivre. Au lieu d'appuyer sur les touches, Eva cliqua sur l'ordinateur portable à côté d'elle.

Un horrible craquement se fit entendre, suivi de chaînes qui s'entrechoquaient, puis du vent qui soufflait plaintivement. Ensuite, ce furent les pas traînants d'un mort-vivant, de nouveaux craquements, et un rire dérangé qui résonna dans toute la pièce. « C'est le rire de méchant d'Oscar », comprit Amy, amusée. Eva avait dû l'enregistrer la veille. Encore un craquement angoissant, puis des bruits de chaînes et une respiration haletante...

Des exclamations s'élevèrent dans le public, vite suivies de rires quand tout le monde comprit ce qui se passait. De petits applaudissements fusèrent. Amy sourit. Les effets sonores étaient vraiment impeccables.

Amy se dirigea vers l'avant de la salle, une petite lampe à la main, et attendit que la bande-son d'Eva se termine pour avoir l'attention de tous.

– Maintenant qu'Eva Marchmont nous a mis dans l'ambiance, annonça-t-elle, nous pouvons entamer notre soirée délire Monk, avec des frissons en perspective ! (Elle sourit à Chloé et Olivia.) Mais avant notre attraction principale, nous vous proposons d'admirer notre pièce de collection. Attention, elle risque de vous faire tourner la tête !

Tanya apparut à son côté, le crâne sur son téléphone, posé à plat dans sa main. Elle le leva bien haut pour le présenter au public et les yeux miroitèrent à la lumière du téléphone dissimulé dessous.

Des exclamations incrédules s'élevèrent et une personne à l'avant cria :

– C'est bien ce que je crois ?

– Impossible, répliqua une voix d'homme. C'est une imitation ?

– Non, c'est la vraie !

– C'est bien ça ?

– C'est la vraie, confirma la voix de Lottie. Il s'agit bien de la tête de mort vu pour la première fois dans *La Fiancée tarentule*.

Encore des cris d'étonnement.

– Où l'a-t-on trouvée ?

– C'est une révélation !

Le père de Katy s'était levé et examinait la tête de mort.

– La trouvaille la plus importante depuis des années ! insista-t-il.

– Êtes-vous certain que c'est la plus importante ?

M. Shaw avait un sourire dans la voix. Il tendit les mains pour recueillir le crâne que lui remettait Tanya.

– Bien entendu, je mettrai ceci en place d'honneur dans le musée de Foxwood, mais...

– Je vous assure, c'est une découverte stupéfiante, s'entêta M. Rockley.

– Mais on en a une autre, annonça Amy. Je vais vous demander de vérifier que vos portables sont éteints – y compris celui qui est sous la tête de mort, Tanya. Et maintenant, voici notre grande attraction !

Il y eut de nouveaux murmures surexcités, puis le silence retomba dans la salle. Amy se dépêcha de retourner à son siège, juste devant Pat et John, et elle éteignit sa lampe de poche.

La musique d'Eva se fit entendre. Ombres et lumières floues se succédèrent sur le drap épinglé au mur, puis l'image devint nette.

L'hôtel Summertime apparut, ses fenêtres éclairées d'une lumière surnaturelle, et la voiture à cheval s'arrêta devant le perron. Lorsque la lumineuse Emma Rutherford en fut descendue, elle tira la tête de mort de son manteau et le film s'interrompit pour afficher le premier intertitre :

LA MORT VIENT À L'AUBE

– Incroyable ! lança quelqu'un dans l'assistance.

Des cris de stupeur et de ravissement emplirent la salle, puis ce fut un tonnerre d'applaudissements. Plusieurs personnes se levèrent, bientôt imitées par d'autres, jusqu'à une ovation triomphale.

Pendant ce temps, le film tournait toujours. Chacun se hâta de reprendre place et regarda l'écran au son d'une musique légère au piano. L'arrivée d'Emma Rutherford dans le hall d'entrée carrelé mit fin aux quelques murmures restants. Amy frissonna de ravissement. On aurait presque dit que l'actrice elle-même s'apprêtait à ouvrir la porte de la salle de bal pour arriver devant eux, tout aussi réelle...

Pendant les quarante minutes qui suivirent, on n'entendit que le piano d'Eva qui ralentissait pour les passages romantiques, se faisait rapide et pressé pour les scènes d'action et prenait des accents angoissants lorsque le méchant poursuivait l'héroïne.

Amy avait peine à détacher ses yeux de l'histoire qui se déroulait devant elle, mais du coin de l'œil, elle vit les parents de Katy qui se donnaient la main, penchés vers l'avant, fascinés. Elle eut la certitude d'apercevoir des larmes dans les yeux de M. Rockley.

Amy faillit bondir de son siège lorsqu'une petite main lui tapa sur l'épaule, mais elle sourit en se tournant vers le petit fantôme placé derrière elle.

– Amy, chuchota Thomas. L'hôtel Summertime, c'est chouette même quand c'est pas l'été, hein ?

Même étouffée, sa voix résonna dans la salle, mais personne ne lui en voulut. On entendit quelques petits rires, puis tout le monde reporta son attention sur la dernière bobine époustouflante de *La Mort vient à l'aube*.

Amy sourit à son petit frère. « Tu n'as pas tort », pensa-t-elle. Elle regarda autour d'elle. L'hôtel Summertime semblait toujours rassembler les gens. Pas seulement les enfants, mais aussi des familles entières, comme celles de Lucas, de Katy ou d'Eva.

– Alors, Amy ? chuchota encore Thomas bruyamment. C'est pas le meilleur endroit au monde, l'hôtel Summertime ?

– Si, répondit-elle d'une voix plus douce. Tu as raison, Thomas.

Retrouvez Amy, Tanya et leurs amis dans :

HÔTEL SUMMERTIME

Tome 1 : *Amy*
Au milieu des herbes folles et des murs décrépis, un vieil hôtel semble figé dans le temps. Dans le village, personne n'en connaît les propriétaires. Quels secrets cache-t-il ?
Amy, qui pensait s'ennuyer à mourir pendant les vacances, veut découvrir ses mystères. Avec ses amis, elle va se battre contre ceux qui veulent le détruire. Pour sauver l'hôtel Summertime, l'amitié est de rigueur et l'union fait la force !

Et bientôt la suite...
Ce sont les vacances de Pâques ! Amy a invité des amis de Londres à Foxwood. Alors qu'ils craignent de s'ennuyer, une chanteuse célèbre fait son apparition. Ils ne sont pas au bout de leurs surprises !

Dépôt légal : octobre 2014
N° d'édition : L.01EJEN001152.N001
Loi n° 49- 956 du 16 juillet 1949
sur les publications destinées à la jeunesse